Zu diesem Buch

Düstere Langeweile, banale Korruption – das ist der Alltag der kolumbianischen Ortschaft, in der ein Bürgermeister mit heuchlerischem Lächeln, mit tückischen Intrigen und Verleumdungen und schließlich mit der blanken Waffe regiert. Auf dem Höhepunkt seines Machtrausches tritt ihm – zunächst verkörpert durch den Arzt des Ortes – ein Gegner in den Weg, dem er nicht gewachsen ist: die Menschenwürde, die nur scheinbar unter der Gleichgültigkeit verschüttet war.

Gabriel García Márquez wurde 1928 in Alacatara in Kolumbien geboren. Er begann seine Karriere als Journalist und lernte dabei das Leben der Menschen kennen, deren Schicksale und Probleme er später in seinen Werken aufzeichnete. Seine Erfahrungen und scharfsichtigen Beobachtungen fanden ihren Niederschlag zunächst in seinen Erzählungen, von denen die ersten 1948 erschienen. 1955 veröffentlichte er den Roman «Dichtes Laubwerk» («La hojarasca»). 1961 folgte «Kein Brief für den Oberst» («El colonel no tiene quien le escriba»); mit erschütternder Eindringlichkeit vermag Márquez hier auf wenigen Seiten das tragische Schicksal eines einzelnen Menschen zu gestalten. Im gleichen Jahr erschien der vorliegende Roman «Unter dem Stern des Bösen» («La mala hora»), für den er 1961 den Premio Literario Esso erhielt, und ein Jahr später der Erzählungsband «Die Beerdigung der alten Dame» («Los funerales de la mamá grande»). Sein 1967 erschienener Roman «Hundert Jahre Einsamkeit» («Cien años de soledad»), der von der Académie Française zum «besten ausländischen Roman des Jahres 1969» erklärt wurde, wurde zum größten lateinamerikanischen Verkaufserfolg aller Zeiten.

Gabriel García Márquez

Unter dem Stern des Bösen

rororo

Rowohlt

Titel der Originalausgabe «La mala hora»
Aus dem Spanischen übertragen von ANA MARIA BROCK
Umschlagentwurf Werner Rebhuhn
unter Verwendung eines Szenenfotos aus dem Film «Antonio das Mortes»
(Regie Glauber Rocha), CTM-Archivbild Peter B. Schumann

Ungekürzte Ausgabe
Veröffentlicht im Rowohlt Taschenbuch Verlag GmbH,
Reinbek bei Hamburg, Oktober 1970.

Lizenzausgabe mit Genehmigung des Aufbau-Verlages, Berlin und Weimar
Gesetzt aus der Linotype-Aldus-Buchschrift
und der Palatino (D. Stempel AG)
Gesamtherstellung Clausen & Bosse, Leck/Schleswig
Printed in Germany
ISBN 3 499 11332 5

Pater Angel richtete sich unter beträchtlichen Anstrengungen auf. Er rieb sich die Augen, schob das Moskitonetz zur Seite und blieb einen Augenblick nachdenklich auf der schäbigen Schilfmatte sitzen, gerade so lange, um sich bewußt zu werden, daß er am Leben war, und um das Datum und den entsprechenden Kalenderheiligen festzustellen. Dienstag, der vierte Oktober, dachte er; und leise sprach er vor sich hin: «Der heilige Franz von Assisi.»

Er zog sich an, ohne gebetet und sich gewaschen zu haben. Er war ein hochgewachsener, vollblütiger Mann mit den trägen Bewegungen eines zahmen Rindes, und auch in seiner schwerfälligen, traurigen Art glich er einem Rind. Mit der gleichen lässigen Aufmerksamkeit der Finger, die die Saiten einer Harfe berühren, brachte er die Knöpfe an seiner Soutane in Ordnung, dann schob er den Riegel zurück und öffnete die Tür zum Hof. Die Narden im Regen ließen ihn an die Worte eines Liedes denken. «Das Meer schwillt an von meinen Tränen», seufzte er.

Das Schlafzimmer war mit der Kirche durch einen überdachten Gang verbunden, den Blumentöpfe säumten. Zwischen den lose aneinandergefügten Steinen begann das Oktobergras zu sprießen. Bevor sich Pater Angel nach der Kirche wandte, ging er zum Abort. Er ließ reichlich Wasser und hielt dabei den Atem an, um nicht den scharfen Ammoniakgeruch zu spüren, der ihm die Tränen in die Augen trieb. Dann trat er in den Gang hinaus und dachte an die Worte: «Dieser Nachen trägt mich in deinen Traum . . .» In der schmalen Kirchenpforte sog er noch einmal die Duftwolke der Narden ein.

Innen roch es schlecht. Es war ein langgestreckter Raum, dessen Fußboden ebenfalls aus lose aneinandergefügten Steinen bestand, mit einer einzigen Pforte auf den Platz hinaus. Pater Angel strebte geradenwegs auf den Turm zu. Er sah die Gewichte der Uhr mehr als einen Meter über seinem Kopf hängen und dachte, daß sie noch gut eine Woche gehen werde. Die Moskitos fielen über ihn her. Mit einem heftigen Schlag zerquetschte er einen in seinem Nacken und wischte sich die Hand am Glockenseil ab. Dann hörte er über sich in dem komplizierten mechanischen Triebwerk ein hohles Rollen und spürte unmittelbar darauf, wie die fünf Stundenschläge, tief und dumpf, seinen Leib durchzitterten.

Er wartete, bis der letzte Ton verklungen war. Nun ergriff er mit beiden Händen das Seil, wand es sich um die Handgelenke und ließ die gesprungene Glocke laut und vernehmlich erschallen. Er hatte das einundsechzigste Lebensjahr vollendet. Das Glockenläuten war für sein Alter eine allzu große Anstrengung, doch er hatte stets selber zur Messe gerufen, und diese Leistung hob sein Selbstvertrauen.

Noch während des Läutens stieß Trinidad die nach der Straße führende Pforte auf und ging zu der Ecke, wo sie am Abend vorher Mausefallen aufgestellt hatte. Sie fand etwas, was in ihr Ekel und Freude zugleich erregte: ein kleines Massaker.

Sie klappte die erste Falle auf, packte mit Zeigefinger und Daumen die Maus am Schwanz und warf sie in eine Pappschachtel. Pater Angel hatte soeben die Pforte ganz geöffnet.

«Guten Morgen, Pater», grüßte Trinidad.

Ihre schöne Altstimme drang nicht in sein Bewußtsein. Der verödete Platz, die im Regen schlafenden Mandelbäume, der in der trostlosen Dämmerung des Oktobermorgens erstarrte Ort weckten in ihm ein Gefühl der Verlassenheit. Doch als er sich an das Rauschen des Regens gewöhnt hatte, vernahm er von der anderen Seite des Platzes her rein und ein wenig unwirklich Pastors Klarinette. Erst jetzt erwiderte er den Gruß.

«Pastor hat bei der Serenade nicht mitgewirkt», sagte er.

«Nein», bestätigte Trinidad. Sie ging zu der Schachtel mit den toten Mäusen. «Es wurden nur Gitarren gebraucht.»

«Sie haben an die zwei Stunden so ein albernes Liedchen geleiert», sagte der Pater. «‹Das Meer schwillt an von meinen Tränen› – ging es nicht so?»

«Das ist Pastors neues Lied», sagte sie.

Der Pater, der noch immer vor der Kirchentür stand, war für Augenblicke wie gebannt. Seit vielen Jahren hörte er die Klarinette Pastors, der, zwei Straßen weiter, den Hocker an den Pfeiler seines Taubenschlages gestellt, jeden Morgen um fünf Uhr zu üben begann. Das Räderwerk des Ortes funktionierte genau: zuerst erschallten die fünf Stundenschläge, dann das erste Läuten zur Messe, und dann erklang aus Pastors Hof die Klarinette, die mit hellen, klaren Tönen die vom Taubenmist stickige Luft reinigte.

«Die Melodie ist gut», erwiderte der Pastor, «aber der Text ist albern. Man kann die Worte um und um drehen, und es kommt immer das gleiche heraus: ‹Dieser Traum trägt mich in deinen Nachen . . .›»

Über seine eigene Entdeckung lächelnd, wandte er sich um und machte sich daran, am Altar die Kerzen anzustecken. Trinidad folgte ihm. Sie trug ein langes weißes Überkleid, dessen Ärmel bis auf die Hände herabfielen, und das blauseidene Band einer religiösen Gemeinschaft. Ihre Augen unter den zusammengewachsenen Brauen waren tiefschwarz.

«Sie waren die ganze Nacht hier in der Nähe», sagte der Pater.

«Bei Margot Ramírez», erwiderte Trinidad zerstreut und schüttelte geräuschvoll die Schachtel mit den toten Mäusen. «Aber heute nacht gab es etwas Besseres als die Serenade.»

Der Pater blieb stehen und blickte sie an. Seine Augen waren von einem ruhigen Blau. «Und das wäre?»

«Zettel mit Anzüglichkeiten», stieß Trinidad hervor und kicherte nervös.

Drei Häuser weiter träumte César Montero von Elefanten. Er hatte sie am Sonntag im Kino gesehen. Eine halbe Stunde vor Schluß war ein Regenguß niedergegangen, und jetzt lief der Film im Traum weiter.

César Montero wälzte sich mit dem ganzen Gewicht seines riesigen

Körpers zur Wand, während die entsetzten Eingeborenen vor den Elefantenherden flohen. Seine Frau stieß ihn leicht an, doch keiner von beiden erwachte. «Wir gehen los», murmelte er und nahm seine vorige Lage wieder ein. Dabei wachte er auf. In diesem Augenblick erklang das zweite Läuten zur Messe.

Es war eine Wohnung mit großen, durch Drahtgeflechte abgeteilten Räumen. Das Fenster zum Platz hin war ebenfalls mit einem Drahtnetz gesichert, davor hing eine Gardine aus gelbgeblümter Kretonne. Auf dem Nachttisch stand ein Kofferradio, eine Lampe und eine Uhr mit Leuchtziffern. An der Wand gegenüber befand sich eine riesige Vitrine mit Spiegeltüren. Während César Montero in seine Reitstiefel fuhr, hörte er plötzlich Pastors Klarinette. Die Schnürriemen aus Rohleder waren lehmverkrustet. Er zog energisch an ihnen und ließ sie dabei durch die geschlossene Hand gleiten, die rauher war als das Leder der Riemen. Dann suchte er die Sporen, fand sie aber unter dem Bett nicht. Er kleidete sich weiter im Halbdunkel an, immer bemüht, jeden Lärm zu vermeiden, um seine Frau nicht zu wecken. Während er das Hemd zuknöpfte, sah er auf die Uhr, und dann suchte er von neuem unter dem Bett nach den Sporen. Zuerst nur mit den Händen; dann kroch er auf allen vieren unters Bett, um dort alles abzutasten. Seine Frau erwachte.

«Was suchst du?»

«Die Sporen.»

«Die hängen hinter der Vitrine», sagte sie. «Du selbst hast sie am Sonnabend dort hingetan.»

Sie schob das Moskitonetz zur Seite und machte Licht. Beschämt richtete er sich auf. Er war ein stattlicher Mann mit breiten, kräftigen Schultern; seine Bewegungen waren elastisch, trotz der Reitstiefel, deren Sohlen zwei Brettern glichen. Seine Gesundheit hatte etwas Barbarisches. Sein Alter war schwer zu bestimmen, doch die Haut am Hals ließ erkennen, daß er die Fünfzig überschritten hatte. Er setzte sich auf das Bett, um die Sporen anzuschnallen.

«Es regnet noch immer», sagte sie; und es schien ihr, als hätte ihr jugendlicher Körper die Feuchtigkeit der Nacht aufgesogen. «Ich fühle mich wie ein Schwamm.»

Sie war eine kleine, knochige Frau mit einer langen, spitzen Nase, und sie hatte die Angewohnheit, so zu tun, als wäre sie noch nicht ganz wach. Sie versuchte, durch die Gardine hindurch in den Regen hinauszublicken. Endlich hatte er die Sporen angeschnallt, er stand auf und stampfte ein paarmal mit dem Absatz auf den Boden. Das Haus hallte wider vom Klirren der kupfernen Sporen.

«Im Oktober wird der Tiger fett», sagte er.

Aber seine Frau hörte nicht zu, sie war von Pastors Melodie wie verzaubert. Als sie ihn wieder ansah, stand er vor der Vitrine und kämmte sich, wobei er die Beine spreizen und den Kopf senken mußte, um sich im Spiegel sehen zu können.

Sie sang leise Pastors Melodie mit.

«Das Lied haben sie die ganze Nacht geleiert», sagte er.

«Es ist sehr hübsch», meinte sie.

Sie knüpfte vom Kopfende des Bettes ein Band los, raffte das Haar im Nacken zusammen und seufzte, nunmehr völlig wach: «‹Bis zum Tode bleibe ich in deinen Träumen . . .›» Er achtete nicht darauf. Aus einer Schublade der Vitrine, in der außerdem ein paar Schmuckstücke, eine kleine Damenuhr und ein Füllfederhalter lagen, nahm er eine Brieftasche mit Geld. Er zog vier Scheine heraus und legte die Geldtasche an die gleiche Stelle zurück. Dann steckte er sechs Gewehrpatronen in die Hemdtasche.

«Wenn es so weiterregnet, komme ich am Sonnabend nicht», sagte er.

Nachdem er die Tür zum Hof geöffnet hatte, verweilte er einen Augenblick auf der Schwelle, und während sich seine Augen an die Dunkelheit gewöhnten, atmete er den schweren Duft des Oktobers ein. Er war im Begriff, die Tür zu schließen, als im Schlafzimmer der Wekker klingelte.

Seine Frau sprang aus dem Bett. Er blieb, die Hand am Türgriff, unentschlossen stehen, bis sie den Wecker abgestellt hatte. Da sah er sie zum ersten Mal an diesem Morgen nachdenklich an.

«Heute nacht habe ich von den Elefanten geträumt», sagte er.

Dann zog er die Tür hinter sich zu und ging das Maultier satteln.

Ehe das dritte Läuten zur Messe einsetzte, wurde der Regen noch stärker. Ein leichter Wind riß die letzten dürren Blätter von den Mandelbäumen auf dem Platz. Die Straßenbeleuchtung erlosch, aber die Häuser blieben noch geschlossen.

César Montero führte das Maultier in die Küche und rief, ohne abzusteigen, seiner Frau zu, sie solle ihm den Regenumhang bringen. Er nahm die Doppelflinte ab, die er sich über die Schulter gehängt hatte, legte sie vor sich hin und band sie mit dem Sattelriemen fest. Seine Frau kam mit dem Regenumhang in die Küche.

«Warte doch, bis der Regen nachläßt», sagte sie gleichgültig.

Er zog sich schweigend den Regenmantel über. Dann blickte er hinaus in den Hof.

«Der läßt bis Dezember nicht nach.»

Sie folgte ihm mit dem Blick bis zum Ende des Ganges. Der Regen prasselte auf das rostige Blech des Daches nieder, doch César Montero brach auf. Er gab dem Maultier die Sporen, und als er auf den Hof hinausritt, mußte er sich ducken, um nicht an den Querbalken der Tür zu stoßen. Die Tropfen, die vom überhängenden Dach herabfielen, zerplatzten auf seinen Schultern wie Schrotkörner. Vom Tor her rief er, ohne den Kopf zu wenden: «Bis Sonnabend!»

«Bis Sonnabend», sagte sie.

Auf dem Platz stand nur eine einzige Tür offen, die der Kirche. César Montero blickte hoch und sah den Himmel tief und schwer zwei Spannen über seinem Kopf hängen. Er bekreuzigte sich, gab dem Maultier die Sporen und ließ es auf den Hinterbeinen tänzeln, bis das Tier auf dem schlüpfrigen Boden festen Fuß gefaßt hatte. Da entdeckte er den Zettel an seiner Haustür.

Er las, ohne abzusitzen. Das Wasser hatte die Farbe verwischt, doch die groben Druckbuchstaben waren noch zu entziffern. César Montero drängte das Maultier dicht an die Wand, riß den Zettel ab und zerfetzte ihn.

Ein Schlag mit dem Zügel versetzte das Maultier in einen kurzen, gleichmäßigen Trab, den es viele Stunden lang durchhalten konnte. Er verließ den Platz und ritt durch eine schmale, gewundene Gasse mit Lehmhäusern, aus deren Türen die Dünste der Nacht ins Freie entwichen. Es roch nach Kaffee. Erst als er die letzten Häuser des Ortes hinter sich gelassen hatte, wendete er mit dem Maultier, und in demselben kurzen und gleichmäßigen Trab kehrte er zu dem Platz zurück und machte vor Pastors Haus halt. Dort saß er ab, nahm die Flinte und band das Maultier an einen Stützbalken; er tat alles wohlüberlegt.

Die Tür war nicht verriegelt, sondern unten mit einer riesigen Muschel versperrt. César Montero trat in die dämmerige Stube. Er hörte einen schrillen Ton, und dann – erwartungsvolle Stille. Er ging an einem Tischchen vorbei, um das vier Stühle standen; den Tisch zierte eine wollene Decke und eine Vase mit künstlichen Blumen. Schließlich blieb er vor der Tür zum Hof stehen, entsicherte, ohne hinzusehen, das Gewehr und rief mit gelassener, fast liebenswürdiger Stimme:

«Pastor!»

Pastor erschien in der Tür; er schraubte gerade das Mundstück der Klarinette ab. Er war ein magerer, geradegewachsener Bursche, dessen flaumiger Bart mit der Schere verschnitten war. Als er César Montero erblickte, der wie angewurzelt dastand und die Flinte in Gürtelhöhe auf ihn gerichtet hielt, öffnete er den Mund. Doch er sagte nichts. Er wurde bleich und lächelte. César Montero bohrte die Absätze in den Boden, preßte den Gewehrkolben mit dem Ellbogen an die Hüfte, biß die Zähne zusammen und drückte ab. Der Knall ließ das Haus erzittern, aber César Montero wußte nicht, ob er vor oder nach der Erschütterung durch die Tür gesehen hatte, wie sich Pastor gleich einem Wurm wand, auf einem Lager aus winzigen, blutbespritzten Federn.

Der Bürgermeister, den das Militärregime eingesetzt hatte, war gerade am Einschlafen, als der Schuß fiel. Von Zahnschmerzen gepeinigt, hatte er drei Nächte schlaflos zugebracht. An diesem Morgen hatte er beim ersten Läuten zur Messe die achte schmerzstillende Tablette genommen. Der Schmerz ließ nach. Das Prasseln des Regens auf dem Zinkdach schläferte ihn ein, aber auch während des Schlafes spürte er noch das Pochen im Zahn. Als er den Schuß hörte, erwachte er jäh und griff nach Patronengürtel und Revolver, die stets links von ihm griffbereit auf einem Stuhl neben der Hängematte lagen. Aber er vernahm nur das Rauschen des Regens, und so glaubte er, es sei ein Alptraum gewesen; von neuem spürte er den Schmerz.

Er hatte etwas Fieber. Im Spiegel stellte er fest, daß die Wange angeschwollen war. Er öffnete eine Dose Mentholvaseline und rieb die schmerzende Stelle ein, die prall gespannt und unrasiert war. Plötzlich drang durch den Regen hindurch ein Gewirr ferner Stimmen zu ihm. Er trat auf den Balkon hinaus. Die Leute aus der Straße, manche im Pyjama, rannten zum Platz. Ein Bursche wandte den Kopf nach ihm um, hob die Arme und rief, ohne stehenzubleiben:

«César Montero hat Pastor umgebracht!»

Auf dem Platz lief César Montero ziellos umher und hielt die Flinte auf die Menschenmenge gerichtet. Der Bürgermeister erkannte ihn kaum wieder. Mit der linken Hand zog er den Revolver und bahnte sich einen Weg zur Mitte des Platzes. Die Leute wichen zur Seite. Aus dem Billardsaal tauchte ein Polizist auf und legte das Gewehr auf César Montero an. Der Bürgermeister sagte leise: «Nicht schießen, du Idiot!» Er steckte den Revolver ein, nahm dem Polizisten das Gewehr ab und ging mit schußbereiter Waffe weiter, bis zur Mitte des Platzes. Die Menge drängte sich an die Mauern.

«César Montero», rief der Bürgermeister, «gib die Flinte her!»

César Montero hatte ihn bisher nicht gesehen. Er fuhr mit einem Satz herum. Der Bürgermeister hatte den Finger am Abzug, schoß aber nicht.

«Holen Sie sie doch!» schrie César Montero.

Der Bürgermeister hielt das Gewehr in der Linken, mit der Rechten wischte er sich das Wasser von den Lidern. Er berechnete jeden Schritt. Der Finger blieb am Abzug, die Augen waren fest auf César Montero gerichtet. Plötzlich blieb er stehen und sprach beruhigend auf ihn ein. «Wirf das Gewehr auf den Boden, César. Mach keine Dummheiten.»

César Montero wich zurück. Der Bürgermeister hatte weiter den Finger am Abzug. Kein Muskel seines Körpers bewegte sich, bis César Montero das Gewehr senkte und fallen ließ. Erst jetzt merkte der Bürgermeister, daß er nur mit der Pyjamahose bekleidet war, daß er im Regen schwitzte und daß der Zahn nicht mehr weh tat.

Die Häuser öffneten sich. Zwei Polizisten mit Gewehren rannten zur Mitte des Platzes. Die Menge stürzte hinterher. Die Polizisten fuhren herum und schrien, die Gewehre entsichert: «Zurück!»

Der Bürgermeister rief mit ruhiger Stimme, ohne jemanden anzusehen: «Räumt den Platz!»

Die Menge zerstreute sich. Der Bürgermeister durchsuchte César Montero, ohne daß dieser den Regenumhang abzulegen brauchte. Er fand in der Hemdtasche vier Patronen und in der Gesäßtasche der Hose ein Messer mit Horngriff. Aus einer anderen Tasche holte er ein Notizbuch, einen Ring mit drei Schlüsseln und vier Hundertpesoscheine hervor. César Montero ließ, die Arme ausgebreitet, die Durchsuchung ungerührt über sich ergehen; um die Prozedur zu erleichtern, bewegte er sich kaum. Als der Bürgermeister fertig war, rief er die beiden Polizisten heran, reichte ihnen die Sachen und übergab ihnen dann César Montero.

«Bringt ihn in den ersten Stock der Wache», befahl er. «Ihr haftet mir für ihn.»

César Montero nahm den Regenumhang ab und reichte ihn einem der Polizisten. Er ging zwischen ihnen, ohne sich um den Regen und die Bestürzung der auf dem Platz versammelten Leute zu kümmern. Nachdenklich folgte ihm der Bürgermeister mit dem Blick. Dann wandte er sich an die Menge mit einer Geste, als wollte er Hühner verscheuchen, und rief: «Verschwindet!»

Er fuhr sich mit dem bloßen Arm über das Gesicht, überquerte den Platz und betrat Pastors Haus.

Er mußte sich durch den allgemeinen Tumult einen Weg bahnen. Pastors Mutter saß zusammengesunken auf einem Stuhl, von Frauen umringt, die ihr mit unbarmherzigem Eifer Luft zufächelten. Der Bürgermeister schob eine Frau zur Seite. «Belästigt sie doch nicht», sagte er.

Die Frau wandte sich ihm zu. «Sie war gerade zur Messe gegangen.»

«Schon gut», meinte der Bürgermeister. «Aber jetzt laßt sie wenigstens atmen.»

Pastor lag, mit dem Kopf zum Taubenschlag, im Gang auf einem Lager blutiger Federn. Es roch stark nach Taubenmist. Ein paar Männer waren gerade dabei, den Toten aufzuheben, als der Bürgermeister in der Tür erschien. «Aus dem Wege», sagte er.

Die Männer betteten den Toten wieder so, wie sie ihn vorgefunden hatten, auf die Federn und traten schweigend zurück. Der Bürgermeister musterte die Leiche, dann drehte er sie um. Winzige Federn flogen auf. In Höhe des Gürtels klebten weitere Federn an dem noch immer lebenswarmen Blut. Er entfernte sie mit der Hand. Das Hemd war zerrissen, die Gürtelschnalle zerbrochen. Unter dem Hemd sah er die Eingeweide freiliegen. Die Wunde blutete nicht mehr.

«Es war eine Tigerflinte», sagte einer der Männer.

Der Bürgermeister richtete sich auf. Er wischte die blutigen Federn an einem Stützpfahl des Taubenschlages ab und ließ dabei den Toten nicht aus den Augen. Schließlich säuberte er die Hand an der Pyjamahose und sagte zu den Umstehenden: «Bewegt ihn nicht von der Stelle.»

«Der läßt ihn einfach liegen», brummte ein Mann.

«Die amtliche Leichenschau muß vorschriftsmäßig durchgeführt werden», gab der Bürgermeister zurück.

Im Innern des Hauses begannen die Frauen von neuem zu weinen. Der Bürgermeister drängte sich durch die Schreie und die erstickenden Gerüche, die einem im Zimmer allmählich den Atem benahmen. An der Haustür begegnete er Pater Angel.

«Er ist tot!» rief der Pater fassungslos aus.

«Wie ein abgestochenes Schwein», erwiderte der Bürgermeister.

Die Häuser rings um den Platz standen offen. Es regnete nicht mehr, aber der dichtbewölkte Himmel hing schwer über den Dächern, ohne einen Spalt für die Sonne zu lassen. Pater Angel hielt den Bürgermeister am Arm zurück.

«César Montero ist ein guter Mensch», sagte er. «Es muß ein Augenblick geistiger Verwirrung gewesen sein.»

«Das weiß ich», gab der Bürgermeister ungeduldig zurück. «Machen Sie sich keine Sorgen, Pater, es geschieht ihm nichts. Gehen Sie hinein, Sie werden dort gebraucht.»

Er wandte sich brüsk ab und befahl den Polizisten, die Wache wegzuschicken. Die Menge, die sie bisher in Schach gehalten hatten, stürzte zu Pastors Haus. Der Bürgermeister betrat den Billardsaal, wo ein Polizist saubere Kleidung zum Umziehen für ihn bereithielt: seine Leutnantsuniform.

Gewöhnlich war das Lokal um diese Zeit noch nicht geöffnet. Doch an jenem Tage war es schon vor sieben Uhr überfüllt. Einige Männer tranken Kaffee: sie saßen zu viert um den kleinen Tisch herum oder lehnten an der Theke. Die meisten waren noch in Pyjamajacke und Pantoffeln. Der Bürgermeister zog sich vor allen aus, trocknete sich, so gut es ging, mit der Pyjamahose ab und kleidete sich schweigend an, ohne sich einen der Kommentare entgehen zu lassen. Als er den Saal verließ, war er über alle Einzelheiten des Vorfalls im Bilde.

«Seid vorsichtig!» rief er von der Tür aus. «Wer mir im Ort Unruhe stiftet, den stecke ich ins Kittchen.»

Er lief die gepflasterte Straße hinab, ohne jemanden zu grüßen; aber die im Ort herrschende Erregung entging ihm nicht. Er war jung, gewandt, und jeder Schritt verriet seine Entschlossenheit, sich durchzusetzen.

Um sieben tuteten die Barkassen, die dreimal wöchentlich den Güter- und Passagierverkehr besorgten, und verließen die Mole, ohne daß ihnen jemand – wie es an anderen Tagen üblich war – Aufmerksamkeit geschenkt hätte. Der Bürgermeister ging die Straße hinab, wo die syrischen Händler gerade ihre bunten Waren auslegten. Doktor Octavio Giraldo, ein Arzt von unbestimmbarem Alter und mit einem Haupt voller lackglänzender Locken, beobachtete von der Tür seiner Praxis aus die Abfahrt der Barkassen. Auch er trug eine Pyjamajacke und Pantoffeln.

«Doktor», sagte der Bürgermeister, «ziehen Sie sich an und nehmen Sie die Leichenschau vor.»

Der Arzt blickte ihn von der Seite an. Er entblößte eine lange Reihe kräftiger weißer Zähne. «Jetzt gibt's also auch Leichenschauen», brummte er vor sich hin.

«Das ist zweifellos ein großer Fortschritt», fügte er hinzu.

Der Bürgermeister zwang sich zu lächeln, aber seine geschwollene Wange hinderte ihn. Er preßte die Hand an den Mund.

«Was haben Sie?» erkundigte sich der Arzt.

«Ein verfluchter Zahn.»

Doktor Giraldo schien zur Unterhaltung aufgelegt. Doch der Bürgermeister hatte es eilig.

Am Ende des Quais klopfte er an einem Haus, dessen Wände aus unverputztem Bambusrohr waren und dessen Palmblätterdach sich fast bis zur Wasserfläche hinabsenkte. Eine hochschwangere Frau mit grünlichbleicher Haut öffnete. Sie war barfuß. Der Bürgermeister schob sie zur Seite und betrat das dämmrige Wohnzimmer.

«Richter!» rief er.

Richter Arcadio schlurfte in seinen Holzschuhen herbei und erschien in der Innentür. Er trug eine Drillichhose ohne Gürtel, die unter dem Nabel hing; sein Oberkörper war nackt.

«Halten Sie sich für die amtliche Untersuchung der Leiche bereit», befahl der Bürgermeister.

Richter Arcadio stieß einen überraschten Pfiff aus.

«Und wie kommen Sie auf diese neuen Moden?»

Der Bürgermeister ging bis ins Schlafzimmer. «Diesmal ist es was anderes», sagte er und öffnete das Fenster, um die schlafgesättigte Luft hinauszulassen. «Es ist besser, die Sache ordnungsgemäß abzuwickeln.» Er wischte sich die staubigen Hände an der gebügelten Hose ab und fragte ohne die geringste Spur von Sarkasmus: «Kennen Sie die Formalitäten einer amtlichen Leichenschau?»

«Selbstverständlich», sagte der Richter.

Der Bürgermeister betrachtete am Fenster seine Hände. «Für das Schriftliche lassen Sie Ihren Sekretär kommen», sagte er, wieder ohne sich etwas dabei zu denken. Dann streckte er dem Mädchen die Hände hin. Sie wiesen Blutspuren auf. «Wo kann ich mich waschen?»

«Am Brunnen», sagte sie.

Der Bürgermeister trat auf den Hof hinaus. Das Mädchen holte ein sauberes Handtuch aus der Truhe und wickelte ein Stück parfümierte Seife hinein.

Gerade als sie auf den Hof gehen wollte, kam der Bürgermeister ins Schlafzimmer zurück und schüttelte seine Hände.

«Ich wollte Ihnen Seife bringen», sagte sie.

«Ist schon gut», wehrte der Bürgermeister ab. Er betrachtete von neuem seine Handflächen. Dann nahm er das Handtuch, trocknete sich ab und blickte dabei Richter Arcadio nachdenklich an.

Auf dem Bett sitzend, trank er in bedächtigen Schlucken eine Tasse schwarzen Kaffee und wartete, bis Richter Arcadio sich angezogen hatte. Das Mädchen folgte ihnen durch das Wohnzimmer.

«Solange Sie den Zahn nicht ziehen lassen, geht die Schwellung nicht zurück», sagte sie zu dem Bürgermeister.

Er schob Richter Arcadio auf die Straße, wandte sich zu ihr um und tippte mit dem Zeigefinger auf ihren gewölbten Leib. «Und diese Schwellung, wann geht die zurück?»

«Es ist bald soweit», entgegnete sie.

Pater Angel versäumte heute seinen täglichen Abendspaziergang. Nach der Beerdigung war er zu einer Plauderei in ein Haus im unteren Teil des Ortes eingekehrt und bis zum späten Nachmittag dort geblieben. Er fühlte sich wohl, obgleich die anhaltenden Regenfälle ihm gewöhnlich

Rückenschmerzen verursachten. Als er nach Hause kam, brannte die Straßenbeleuchtung schon.

Trinidad goß die Blumen im Gang. Der Pater fragte sie nach den ungeweihten Hostien, und sie erwiderte, sie habe sie auf den Hochaltar gelegt. Er stand in einer Wolke Moskitos, als er im Zimmer Licht machte. Noch bevor er die Tür schloß und ohne sich Ruhe zu gönnen, versprühte er im Raum eine Menge «Insektentod»; der Geruch reizte zum Niesen. Als er mit dem Sprühen fertig war, schwitzte er. Er legte die schwarze Soutane ab, zog die weiße, geflickte an, die er trug, wenn er allein war, und ging zum Angelusläuten.

Als er in sein Zimmer zurückkam, stellte er eine Pfanne mit einem Stück Fleisch zum Braten aufs Feuer, schnitt eine Zwiebel in Scheiben und tat dann alles auf einen Teller zu einem Stück gekochter Yucca und ein wenig kaltem Reis, beides noch Reste vom Mittagessen. Er trug den Teller zum Tisch, setzte sich und begann zu essen.

Er nahm von allem gleichzeitig, indem er von jeder Speise kleine Stücke abschnitt und mit dem Messer auf die Gabel häufte. Er kaute gewissenhaft und zermahlte mit seinen silberplombierten Backenzähnen auch das letzte Körnchen, wobei er die Lippen fest zusammenpreßte. Während er kaute, legte er Messer und Gabel auf den Tellerrand und musterte unverwandt und aufmerksam sein Zimmer. Ihm gegenüber stand der Schrank mit den dicken Kirchenbüchern. In der Ecke ein geflochtener Schaukelstuhl, an dessen hoher Rückenlehne in Kopfhöhe ein Kissen angenäht war. Hinter dem Schaukelstuhl eine spanische Wand, an der neben dem Kalender mit der Hustensaftreklame das Kruzifix hing. Auf der anderen Seite der spanischen Wand lag das Schlafzimmer.

Nach dem Essen war es Pater Angel, als müßte er ersticken. Er wikkelte ein Stückchen Guayabagelee aus, füllte das Glas bis zum Rand mit Wasser und verspeiste die süße Fruchtpaste, wobei er den Kalender betrachtete. Nach jedem Bissen trank er einen Schluck Wasser, ohne den Blick vom Kalender zu wenden. Schließlich stieß er auf und wischte sich mit dem Ärmel die Lippen ab. Seit neunzehn Jahren aß er auf diese Weise und ganz allein in seinem Arbeitszimmer und wiederholte jeden Handgriff peinlich genau. Noch nie war ihm seine Einsamkeit zuwider geworden.

Nachdem er den Rosenkranz gebetet hatte, verlangte Trinidad Geld von ihm, um Arsenik zu kaufen. Der Pater lehnte es zum drittenmal ab und behauptete, die Mausefallen genügten.

Trinidad ließ nicht locker. «Es ist aber so, daß die kleineren Mäuse den Käse fressen und nicht in die Falle gehen. Deshalb wäre es besser, den Käse zu vergiften.»

Der Pater mußte zugeben, daß Trinidad recht hatte. Doch noch bevor er es aussprechen konnte, drang der Lärm des Lautsprechers aus dem gegenüberliegenden Kino in die Stille der Kirche. Erst war ein klangloses Brummen zu hören, dann das Kratzen der Nadel auf der Schallplatte, und unmittelbar darauf setzte mit einem gellenden Trompetenton ein Mambo ein.

«Ist heute Vorstellung?» fragte der Pater.
Trinidad bejahte.
«Weißt du, was gespielt wird?»
«‹Tarzán und die grüne Göttin›, dasselbe, was sie am Sonntag nicht zu Ende gespielt haben, weil es geregnet hat. Für alle geeignet.»
Pater Angel ging zum Turm und ließ zwölf gleichmäßige Glockenschläge ertönen. Trinidad war bestürzt.
«Sie haben sich geirrt, Pater», sagte sie und fuchtelte mit den Händen; ihre Augen glänzten vor Aufregung. «Der Film ist für alle geeignet. Erinnern Sie sich, am Sonntag haben Sie ihm keinen einzigen Glockenschlag gegeben.»
«Aber es ist eine Taktlosigkeit gegenüber dem Dorf», gab der Pater zurück und wischte sich den Schweiß vom Hals. Keuchend wiederholte er: «Eine Taktlosigkeit.»
Trinidad begriff.
«Man muß diese Beerdigung gesehen haben», fuhr der Pater fort. «Die Männer haben sich darum gestritten, wer den Sarg tragen durfte.»
Dann entließ er das Mädchen und verschloß hinter ihr die Tür. Der Platz war menschenleer. Pater Angel löschte die Lichter der Kirche. Auf dem Gang, der zum Schlafzimmer führte, schlug er sich vor die Stirn, weil ihm einfiel, daß er vergessen hatte, Trinidad Geld für das Arsenik zu geben. Aber noch bevor er sein Zimmer erreichte, war es ihm bereits wieder entfallen.
Wenig später saß er an seinem Schreibtisch und machte sich daran, einen Brief abzuschließen, den er am Abend zuvor angefangen hatte. Die Soutane bis in Höhe des Magens aufgeknöpft, rückte er Schreibblock, Tintenfaß und Löscher auf dem Tisch zurecht, während er in seinen Taschen nach der Brille wühlte. Dann erinnerte er sich, sie in der Soutane gelassen zu haben, die er bei der Beerdigung getragen hatte, und stand auf, um sie zu holen. Er hatte gerade das am Abend vorher Geschriebene nochmals durchgelesen und einen neuen Absatz begonnen, als es dreimal an die Tür klopfte.
«Herein!»
Es war der Kinobesitzer. Der kleine, blasse, sehr gut rasierte Mann trug wie immer seinen fatalistischen Gesichtsausdruck zur Schau. Er hatte einen Anzug aus makellosem weißem Leinen und zweifarbige Schuhe an. Pater Angel lud ihn ein, sich in den geflochtenen Schaukelstuhl zu setzen; doch er zog ein Taschentuch aus der Hosentasche, faltete es sorgsam auseinander, staubte die Holzbank ab, ließ sich auf ihr nieder und spreizte die Beine. Nun sah Pater Angel, daß in seinem Gürtel kein Revolver, sondern eine Taschenlampe steckte.
«Ich stehe zu Ihrer Verfügung», sagte der Pater.
«Pater», keuchte der Kinobesitzer, «entschuldigen Sie, daß ich mich in Ihre Angelegenheiten einmische, aber heute abend muß ein Irrtum vorliegen.»
Der Pater neigte zustimmend den Kopf und wartete ab.

«Der Film ‹Tarzán und die grüne Göttin› ist für alle geeignet», fuhr der Kinobesitzer fort. «Sie selbst haben das am Sonntag bestätigt.»

Der Pater wollte ihn unterbrechen, doch der Kinobesitzer hob eine Hand zum Zeichen, daß er noch nicht fertig war. «Ich habe die Sache mit den Glockenschlägen hingenommen», sagte er, «weil es tatsächlich unmoralische Filme gibt. Aber an diesem ist nichts Besonderes. Wir hatten vor, ihn am Sonntagabend in der Kindervorstellung zu spielen.»

Da erklärte ihm Pater Angel, daß nach der Liste, die er monatlich durch die Post erhalte, gegen den Film in moralischer Hinsicht allerdings keinerlei Einwände vorlägen. «Aber», fuhr er fort, «heute Kino zu veranstalten, ist insofern eine Taktlosigkeit, als der Ort einen Toten zu beklagen hat. Auch das ist eine Frage der Moral.»

Der Kinobesitzer schaute ihn an. «Im vorigen Jahr hat die Polizei selber im Kino einen Mann umgebracht, und kaum war der Tote draußen, ging der Film weiter», rief er aus.

«Jetzt ist das nicht mehr so», gab der Pater zurück. «Der Bürgermeister hat sich geändert.»

«Wenn es zu neuen Wahlen kommt, geht auch das Gemetzel wieder los», entgegnete der Unternehmer verbittert. «Seit der Ort besteht, passiert immer wieder das gleiche.»

«Wir werden ja sehen», sagte der Pater.

Der Unternehmer musterte ihn verdrossen. Er öffnete sein Hemd, um seiner Brust Luft zuzufächeln. Als er weitersprach, hatte seine Stimme einen bittenden Unterton. «Es ist erst der dritte Film in diesem Jahr, der für alle geeignet ist. Am Sonntag konnten wir drei Rollen wegen des Regens nicht abspielen, und viele Leute wollen wissen, wie es ausgeht.»

«Die Glocke wurde bereits geläutet», sagte der Pater.

Der Unternehmer seufzte entmutigt. Er blickte dem Priester abwartend ins Gesicht, ohne in der drückenden Hitze des Zimmers noch an etwas Bestimmtes denken zu können. «Also ist nichts zu machen?»

Pater Angel schüttelte den Kopf.

Der Unternehmer schlug sich auf die Knie. «Na gut», sagte er; «da kann man eben nichts dran ändern.»

Er faltete das Taschentuch wieder auseinander, wischte sich den Schweiß vom Hals und musterte verbittert das Arbeitszimmer. «Das ist ja eine Hölle hier.»

Der Pater geleitete ihn zur Tür. Er schob den Riegel vor und setzte sich, um den Brief zu beenden. Nachdem er ihn noch einmal ganz und gar durchgelesen hatte, schrieb er den angefangenen Absatz fertig und hielt dann inne, um nachzudenken. In diesem Augenblick schwieg die Musik im Lautsprecher. «Dem verehrten Publikum wird bekanntgegeben», sagte eine unpersönliche Stimme, «daß die heutige Vorstellung ausfällt, da sich auch dieses Unternehmen der allgemeinen Trauer anschließt.» Pater Angel erkannte die Stimme des Kinobesitzers und lächelte.

Die Hitze wurde noch drückender. Der Pfarrer schrieb immer weiter, mit nur kleinen Pausen, in denen er sich den Schweiß abwischte und das Geschriebene durchlas, bis zwei Seiten voll waren. Er hatte gerade unterzeichnet, als ganz unvermittelt der Regen herniederprasselte. Der Dunst der feuchten Erde erfüllte das Zimmer. Pater Angel schrieb die Adresse auf den Umschlag, klappte das Tintenfaß zu und wollte den Brief falten. Doch er las den letzten Absatz noch einmal durch, öffnete von neuem das Tintenfaß und fügte einen Nachsatz hinzu: «Es regnet schon wieder. Ein solcher Winter und jene Dinge, von denen ich Ihnen weiter oben berichtete, lassen darauf schließen, daß uns bittere Tage bevorstehen.»

WARM UND TROCKEN ZOG DER FREITAGMORGEN HERAUF. RICHTER Arcadio, der sich rühmte, allnächtlich dreimal geliebt zu haben, seit er überhaupt damit angefangen hatte, sprengte an jenem Morgen im schönsten Augenblick die Schnüre des Moskitonetzes, und er und seine Frau fielen, in das Gewebe verwickelt, zu Boden.

«Laß nur», murmelte sie. «Ich bringe es später wieder in Ordnung.»

Vollständig nackt kamen sie aus dem Schleiergewirr des Moskitonetzes hervor. Richter Arcadio ging zur Truhe und holte sich eine saubere Unterhose heraus. Als er zurückkam, war seine Frau schon angekleidet und brachte das Moskitonetz in Ordnung. Ohne sie anzusehen, ging er an ihr vorbei und setzte sich auf die andere Seite des Bettes, um die Schuhe anzuziehen. Er keuchte noch von der Anstrengung der Liebe. Seine Frau folgte ihm. Sie lehnte den runden und gespannten Leib gegen seinen Arm und suchte mit den Zähnen sein Ohr. Er stieß sie sanft von sich. «Laß mich in Ruhe», sagte er.

Ihr Lachen strotzte von Gesundheit. Sie folgte ihrem Mann zum anderen Ende des Zimmers, stupste ihn mit den Zeigefingern in die Seiten und rief: «Hü, Eselchen!» Er sprang auf und schob ihre Hände fort. Sie ließ von ihm ab, lachte wieder auf; aber plötzlich wurde sie ernst und rief: «Jesus Christus!»

«Was ist los?» fragte er.

«Die Tür stand ja sperrangelweit offen», erwiderte sie. «So eine Schamlosigkeit!»

Unter schallendem Gelächter ging sie ins Bad.

Richter Arcadio wartete nicht erst auf den Kaffee. Den frischen Pfefferminzgeschmack der Zahnpaste noch im Mund, trat er auf die Straße hinaus. Die Sonne war kupferrot. Die Syrer saßen vor ihren Ladentüren und blickten sinnend auf den friedlichen Fluß. Als er an Doktor Giraldos Praxis vorbeikam, fuhr er mit dem Fingernagel über das Metallnetz an der Tür und rief, ohne stehenzubleiben: «Doktor, was ist das beste Mittel gegen Kopfschmerzen?»

Der Arzt erwiderte von innen: «Am Abend vorher nicht zu trinken.»

Am Hafen ereiferte sich eine Gruppe Frauen laut und vernehmlich über den Inhalt eines neuen Zettels, den man in der vergangenen Nacht niemandem ans Haus geklebt hatte. Da der Tag heiter und trocken angebrochen war, hatten die Frauen ihn auf dem Weg zur Frühmesse gelesen, und jetzt kannte ihn der ganze Ort. Richter Arcadio blieb nicht stehen. Wie man ein Rind an seinem Nasenring zieht, fühlte er sich zum Billardsaal hingezogen. Dort bestellte er ein eisgekühltes Bier und eine Schmerztablette. Es hatte gerade neun geschlagen, doch das Lokal war schon voll.

«Der ganze Ort hat Kopfschmerzen», bemerkte Richter Arcadio. Er trug die Flasche an einen Tisch, wo drei Männer trübsinnig vor ihren Biergläsern hockten. Er setzte sich auf den freien Stuhl.

«Hat es wieder Ärger gegeben?» fragte er.

«Heute früh waren's vier.»

«Was über Raquel Contreras draufstand», sagte einer der Männer, «haben alle gelesen.»

Richter Arcadio zerkaute die Tablette und trank Bier aus der Flasche hinterher. Der erste Schluck widerte ihn an, aber dann kam sein Magen ins Gleichgewicht, und er fühlte sich wie neugeboren.

«Und was stand drauf?»

«Schweinereien», erwiderte der Mann. «Daß sie die Reisen dieses Jahr nicht gemacht hat, um sich die Zähne in Ordnung bringen zu lassen, wie sie sagt, sondern um was abtreiben zu lassen.»

«Da brauchten sie sich nicht erst die Mühe zu machen, so ein Pasquill zu verfassen», meinte Richter Arcadio, «das erzählt man sich doch überall.»

Obwohl ihm die glühende Sonne schmerzhaft in die Augen stach, als er das Lokal verließ, verspürte er doch nicht mehr wie am frühen Morgen die unbestimmte Übelkeit. Er ging geradenwegs zum Gericht. Sein Sekretär, ein dürrer Alter, rupfte gerade ein Huhn und starrte ihn über die Brille hinweg ungläubig an. «Was bedeutet dieses Wunder?»

«Wir müssen diese dumme Geschichte voranbringen», erklärte der Richter.

Der Sekretär schlurfte in seinen Pantoffeln auf den Hof hinaus und reichte der Köchin des Hotels das halbgerupfte Huhn über den Zaun. Elf Monate nach Amtsantritt setzte Richter Arcadio zum erstenmal den Fuß in sein Arbeitszimmer.

Eine Holzbarriere teilte das schäbige Büro in zwei Räume. Im vorderen, unter dem Bild der Justitia mit Augenbinde und Waage, stand eine Bank, ebenfalls aus Holz. Im hinteren standen sich zwei alte Schreibtische gegenüber; außerdem war da noch ein Regal mit verstaubten Büchern und die Schreibmaschine. An der Wand über dem Arbeitstisch des Richters hing ein kupfernes Kruzifix, an der entgegengesetzten Wand eine gerahmte Lithographie: ein lächelnder, dicker, kahlköpfiger Mann mit der Präsidentenschärpe quer über der Brust und darunter eine Inschrift in goldenen Lettern: «Frieden und Gerechtigkeit.» Die Lithographie war das einzige Neue in dem Büro.

Der Sekretär band sich ein Tuch vor Mund und Nase und ging daran, mit einem Federwisch die Schreibtische abzustauben. «Wenn Sie sich nichts vor die Nase halten, müssen Sie niesen», warnte er.

Der Rat fand kein Gehör. Richter Arcadio lehnte sich im Drehstuhl zurück und streckte die Beine aus, um die Federung zu prüfen. «Kippt er auch nicht um?» fragte er.

Der Sekretär schüttelte den Kopf. «Als man damals Richter Vitela umbrachte, sind die Federn gesprungen; aber jetzt ist er wieder repariert.» Ohne das Tuch abzunehmen, fügte er hinzu: «Der Bürgermeister selbst hat ihn reparieren lassen, nach dem Regierungswechsel, als überall die Inspekteure auftauchten.»

«Der Bürgermeister will eben, daß das Büro arbeitet», stellte der Richter fest.

Er öffnete die mittlere Schublade, nahm einen Schlüsselbund heraus und zog nacheinander alle Schubladen auf. Sie waren mit Papieren vollgestopft, die er flüchtig überprüfte, indem er sie mit dem Zeigefinger anhob, um sich zu vergewissern, daß nichts von alledem seine Aufmerksamkeit verdiente; dann schob er die Schubladen wieder zu und ordnete die Utensilien auf dem Schreibtisch: eine gläserne Garnitur mit einem roten und einem blauen Tintenfaß und je einem Federhalter in der entsprechenden Farbe. Die Tinte war eingetrocknet.

«Sie haben beim Bürgermeister einen Stein im Brett», meinte der Sekretär.

Der Richter wiegte sich im Stuhl und folgte dem Sekretär, der gerade die Stäbe der Barriere abstaubte, mit finsteren Blicken. Dieser wiederum betrachtete den Richter, als wollte er sich für immer einprägen, wie er bei dieser Beleuchtung, in diesem Augenblick, in dieser Stellung ausgesehen hatte; er wies mit dem Zeigefinger auf ihn und sagte:

«So, wie Sie jetzt dasitzen, haargenau so saß Richter Vitela da, als sie ihn umlegten.»

Der Richter betastete seine Adern, die an den Schläfen hervortraten. Die Kopfschmerzen kamen wieder.

«Ich stand dort», fuhr der Sekretär fort, während er durch die Barriere in den vorderen Raum trat, und zeigte auf die Schreibmaschine. Ohne seinen Bericht zu unterbrechen, lehnte er sich auf die Brüstung, den Staubwedel wie ein Gewehr auf Richter Arcadio angelegt. Er sah aus wie ein Posträuber in einem Cowboyfilm. «Die Polizisten stellten sich so hin», sagte er. «Richter Vitela hatte sie kaum gesehen, da hob er die Arme und sagte ganz langsam: ‹Bringt mich nicht um.› Aber im nächsten Moment stürzte der Stuhl nach der einen Seite um und er, mit Blei gespickt, nach der anderen.»

Richter Arcadio preßte die Hände gegen den Kopf. Er fühlte es im Gehirn klopfen. Der Sekretär nahm das schützende Tuch ab und hängte den Federwisch hinter die Tür. «Und alles nur, weil er im Suff gesagt hatte, er sei hier, um die einwandfreie Durchführung der Wahlen zu garantieren», fügte er hinzu. Er hielt inne und betrachtete Richter Arcadio, der die Hände auf den Magen preßte und sich über den Schreibtisch beugte. «Ist Ihnen schlecht?»

Der Richter bejahte. Er erzählte ihm vom vergangenen Abend und bat ihn, aus dem Billardsaal eine Schmerztablette und zwei Flaschen eisgekühltes Bier zu holen.

Als Richter Arcadio das erste Bier ausgetrunken hatte, fühlte er sein Herz frei von Gewissensqualen. Er war wieder auf dem Posten.

Der Sekretär setzte sich vor die Maschine. «Und was machen wir jetzt?» fragte er.

«Nichts», entgegnete der Richter.

«Dann will ich, wenn Sie gestatten, zu Maria gehen und ihr helfen, die Hühner zu rupfen.»

Der Richter protestierte. «Hier im Büro wird Recht gesprochen, hier werden keine Hühner gerupft.» Mit einem mitleidigen Blick maß er seinen Untergebenen von Kopf bis Fuß und fügte hinzu: «Außerdem – schmeißen Sie diese Pantoffeln weg und kommen Sie in Schuhen ins Büro.»

Je mehr es auf Mittag zu ging, um so drückender wurde die Hitze. Als es zwölf schlug, hatte Richter Arcadio ein Dutzend Biere getrunken. Er schwelgte in seinen Erinnerungen. Mit sehnsüchtiger Versonnenheit sprach er von einer Vergangenheit ohne Entbehrungen, von langen Sonntagen am Meer und von unersättlichen Mulattinnen, die hinter den Haustüren im Stehen der Liebe pflegten. «So lebte man damals», sagte er und schnalzte mit Zeigefinger und Daumen, während ihm der Sekretär, etwas erstaunt, wortlos zuhörte und einige Male mit dem Kopf nickte. Richter Arcadio fühlte sich wie ausgelaugt; aber seine Erinnerungen wurden um so lebhafter.

Als es vom Turm eins schlug, ließ der Sekretär Zeichen der Ungeduld erkennen. «Die Suppe wird kalt», sagte er.

Der Richter gestattete ihm nicht, aufzustehen. «Nicht oft trifft man in diesen Orten einen intelligenten Menschen», sagte er; und der Sekretär, durch die Hitze am Ende seiner Kräfte, dankte ihm und wechselte seine Stellung auf dem Stuhl. Es war ein endloser Freitag. Unter dem glühenden Blech des Daches zog sich die Unterhaltung der beiden Männer noch eine halbe Stunde lang hin, während der Ort in der Bruthitze der Mittagszeit schmorte.

Auf dem äußersten Punkt der Erschöpfung angelangt, machte nun der Sekretär eine Anspielung auf die Zettel mit den Schmierereien. Richter Arcadio zuckte mit den Schultern. «Du fällst also auch auf diesen Quatsch herein», sagte er und duzte ihn zum erstenmal.

Der von Hunger und Hitze entkräftete Sekretär wünschte keineswegs, die Unterhaltung fortzusetzen, doch war er nicht der Ansicht, daß diese Zettel eine Kleinigkeit seien. «Es hat schon den ersten Toten gegeben», bemerkte er. «Wenn es so weitergeht, steht uns eine schlimme Zeit bevor.» Und er erzählte die Geschichte eines Ortes, der in sieben Tagen durch solche Zettel vernichtet worden war. Es kam so weit, daß seine

Bewohner in einen mörderischen Streit gerieten. Bevor die Überlebenden den Ort verließen, gruben sie die Gebeine ihrer Toten aus, zum Zeichen, daß sie auf keinen Fall wieder zurückkehren würden.

Der Richter hörte dem anderen mit spöttischer Miene zu und knöpfte sich dabei langsam das Hemd auf. Er fand, sein Sekretär habe eine Vorliebe für Schauergeschichten.

«Das ist ein Kriminalroman der primitivsten Sorte», sagte er.

Sein Untergebener schüttelte den Kopf. Richter Arcadio erzählte, er habe auf der Universität einer Verbindung angehört, die sich mit der Klärung problematischer Kriminalfälle befaßte. Abwechselnd lasen sie aus einem Detektivroman vor, bis zu der entscheidenden Stelle, und sonnabends versammelten sie sich, um das Problem zu lösen. «Ich habe kein einziges Mal danebengetippt», sagte er. «Natürlich kam mir dabei meine Belesenheit in den Klassikern zugute. Sie haben mir eine Lebenskenntnis vermittelt, die jedes Rätsel zu durchdringen vermag.» Er umriß ein Problem: Ein Mann trägt sich um zehn Uhr abends im Gästebuch eines Hotels ein, geht auf sein Zimmer, und am nächsten Tag findet ihn das Zimmermädchen, das ihm den Kaffee bringen will, tot und verwest im Bett. Die Leichenschau ergibt, daß der am Vorabend eingetroffene Gast seit acht Tagen tot ist.

Der Sekretär richtete sich unter lautem Knacken seiner Gelenke auf. «Was bedeutet, daß er schon sieben Tage tot war, als er in das Hotel kam», stellte er fest.

«Die Geschichte wurde vor zwölf Jahren geschrieben», sagte Richter Arcadio, ohne auf die Unterbrechung einzugehen. «Aber den Schlüssel zur Lösung hat Heraklit geliefert, fünf Jahrhunderte vor Christus.»

Er war im Begriff, die Lösung zu verraten, doch der Sekretär wurde wütend. «Seit die Welt besteht, ist nie bekannt geworden, wer Pasquille anbringt», betonte er herausfordernd.

Richter Arcadio betrachtete ihn mit zusammengekniffenen Augen. «Ich wette mit dir, daß ich es herauskriege», sagte er.

«Die Wette gilt.»

Im Haus gegenüber lag Rebeca de Asís, dem Ersticken nahe, in ihrem schwülen Schlafzimmer. Sie bohrte den Kopf in ihr Kissen und versuchte vergeblich, ein Mittagsschläfchen zu halten. Sie hatte sich kühlende Blätter auf die Stirn gelegt.

«Roberto», wandte sie sich an ihren Mann, «wenn du das Fenster nicht aufmachst, kommen wir vor Hitze um.»

Roberto Asís öffnete das Fenster, gerade als Richter Arcadio sein Büro verließ.

«Versuche doch zu schlafen», bat er die üppige Frau, die mit ausgebreiteten Armen, nur mit einem dünnen Nylonhemd bekleidet, unter dem Betthimmel aus rosa Tüll lag. «Ich verspreche dir, nicht mehr daran zu denken.»

Sie seufzte auf.

Roberto Asís, der die ganze Nacht im Zimmer umhergewandert war und jede Zigarette am Stummel der letzten angebrannt hatte, ohne Schlaf finden zu können, hätte an jenem Morgen beinahe den Verfasser der Schmierereien überrascht. Er hatte vor seinem Haus Papier knistern hören und mehrere Male auch das schabende Geräusch der Hände, die es an der Wand glattstrichen. Aber er begriff zu spät, der Zettel klebte bereits. Als er das Fenster öffnete, war der Platz leer.

Von diesem Augenblick an bis zwei Uhr nachmittags, als er seiner Frau versprach, nicht mehr an die Schmierereien zu denken, hatte sie alle Überredungskünste aufgewendet, um ihn zu besänftigen. Schließlich schlug sie in ihrer Verzweiflung einen Ausweg vor: Zum endgültigen Beweis ihrer Unschuld erbot sie sich, in Gegenwart ihres Mannes dem Pater Angel mit lauter Stimme zu beichten. Schon das Anerbieten einer solchen Demütigung verfehlte seine Wirkung nicht. Trotz seines blinden Zorns wagte er nicht, den nächsten Schritt zu tun, und mußte kapitulieren.

«Es ist immer besser, die Dinge auszusprechen», sagte sie, ohne die Augen zu öffnen. «Es wäre ja verheerend gewesen, wenn du die Wut in dich hineingefressen hättest.»

Er ging hinaus und klinkte die Tür ein. In dem weiträumigen, dämmerigen Haus, das nach dem Innenhof nicht offen war, hörte er den elektrischen Ventilator im Zimmer seiner Mutter summen, die im Nachbarhaus ihre Mittagsruhe hielt.

Unter den schläfrigen Blicken der schwarzen Köchin holte er sich ein Glas Limonade aus dem Kühlschrank. Die Frau, die in einer eigenen Atmosphäre erfrischender Kühle zu leben schien, fragte ihn, ob er zu speisen wünsche. Er hob den Deckel vom Topf. Eine ganze Schildkröte schwamm auf dem Rücken im kochenden Wasser. Die Vorstellung, daß man das Tier lebendig in den Topf geworfen hatte und daß sein Herz noch schlagen würde, wenn es zerteilt auf den Tisch kam, ließ ihn zum erstenmal kalt.

«Ich habe keinen Hunger», sagte er und deckte den Topf zu. Und von der Tür aus fügte er hinzu: «Die gnädige Frau wird auch nicht essen. Sie hat schon den ganzen Tag Kopfschmerzen.»

Die beiden Häuser waren durch einen mit grünen Fliesen ausgelegten Gang verbunden, von wo aus man in der äußersten Ecke des gemeinsamen Hofes den Hühnerkorb aus Maschendraht sehen konnte. In dem Teil des Ganges, der zum Haus der Mutter gehörte, standen viele Töpfe mit Pflanzen, die in kräftigen Farben blühten; mehrere Vogelbauer hingen unterm Dach.

Seine siebenjährige Tochter empfing ihn mit einem kläglichen Gruß von dem Liegestuhl her, wo sie gerade ihren Mittagsschlaf beendet hatte. Das Muster des Segeltuchs war noch auf ihrer Wange eingedrückt.

«Es ist gleich drei», bemerkte er ganz leise und fügte trübsinnig hinzu: «Komm zu dir.»

«Ich habe von einer Katze aus Glas geträumt», sagte das Mädchen.

Er zuckte unwillkürlich leicht zusammen. «Wie sah sie aus?»

«Ganz aus Glas», erwiderte das Mädchen und versuchte, mit den Händen das Tier aus dem Traum nachzuformen. «Wie ein gläserner Vogel, aber eben eine Katze.»

Im grellen Tageslicht war ihm, als irrte er durch eine fremde Stadt. «Vergiß es», murmelte er. «So etwas bedeutet nichts.» In diesem Augenblick bemerkte er seine Mutter in der Schlafzimmertür und fühlte sich wie erlöst.

«Du siehst besser aus», behauptete er.

Die Witwe de Asís antwortete ihm mit bitterer Miene. «Jeden Tag sehe ich mehr danach aus, zum alten Eisen geworfen zu werden», klagte sie und raffte das volle stahlgraue Haar zu einem Knoten zusammen. Sie trat auf den Gang hinaus und stellte frisches Wasser in die Käfige.

Roberto Asís ließ sich in den Liegestuhl fallen, in dem seine Tochter geschlafen hatte. Die Hände im Nacken, folgte er mit müden Blicken der knochigen, schwarzgekleideten Frau, die leise zu den Vögeln sprach. Sie stürzten sich in das frische Wasser und spritzten es bei ihrem fröhlichen Geflatter der Frau ins Gesicht. Als die Witwe de Asís die Vögel versorgt hatte, machte sie den Sohn mit ihren Fragen unsicher.

«Ich dachte, du wärst im Gebirge», sagte sie.

«Ich konnte nicht weg», entgegnete er, «ich hatte einiges zu erledigen.»

«Nun gehst du also erst am Montag.»

Er bejahte mit den Augen. Eine schwarze, barfüßige Dienerin kam mit dem Mädchen durch den Salon; sie wollte es zur Schule bringen.

Die Witwe de Asís blieb im Gang stehen, bis sie fort waren. Dann wandte sie sich ihrem Sohn zu.

«Schon wieder?» forschte sie.

«Es ist was andres», sagte er.

Er folgte seiner Mutter in das geräumige Schlafzimmer, wo der elektrische Ventilator summte. Sie ließ sich mit dem Ausdruck äußerster Erschöpfung in einen wackeligen Schaukelstuhl aus Lianengeflecht fallen, der vor dem Ventilator stand. An den geweißten Wänden hingen in Kupferrahmen Fotografien von altertümlich anmutenden Kindern. Roberto Asís streckte sich auf dem prunkvollen Himmelbett aus, in dem einige der auf den Fotografien abgebildeten Kinder, nun schon gebrechlich und mißlaunig, gestorben waren; auch sein Vater war im vergangenen Dezember darin gestorben.

«Was war los?» fragte die Witwe.

«Glaubst du an das, was die Leute reden?» fragte er zurück.

«In meinem Alter muß man an alles glauben», erwiderte die Witwe und erkundigte sich beiläufig: «Was reden sie denn?»

«Daß Rebeca Isabel nicht mein Kind ist.»

Die Witwe versetzte ihren Schaukelstuhl in langsame Bewegung. «Sie hat die Nase der Asís», sagte sie. Nach kurzem Nachdenken fragte sie zerstreut: «Wer sagt das?»

Roberto Asís biß sich auf die Nägel. «Man hat mir einen gemeinen Zettel ans Haus geklebt.»

Erst jetzt erkannte die Witwe, daß die dunklen Augenringe ihres Sohnes nicht auf eine anhaltende Schlaflosigkeit zurückzuführen waren.

«Zettel sind nicht die Leute», betonte sie.

«Aber sie sagen bloß das, was in aller Munde ist», meinte Roberto Asís; «auch wenn man es selbst nicht weiß.»

Sie aber wußte, was im Ort im Laufe der vielen Jahre über ihre Familie geredet worden war. In einem Hause wie ihrem, mit Dienstboten, Pflegetöchtern und Schützlingen aller Altersstufen, verfolgten sie die Gerüchte bis ins Schlafzimmer. Die ungestümen Asís, die als einfache Schweinehirten die Ortschaft gegründet hatten, schienen immer ein besonderer Anziehungspunkt für Verleumdungen gewesen zu sein.

«Nicht alles, was geredet wird, stimmt», sagte sie; «auch wenn man es zu wissen glaubt.»

«Alle Welt weiß, daß Rosario Montero mit Pastor geschlafen hat», gab er zurück. «Sein letztes Lied war ihr gewidmet.»

«Alle Welt sagte es, aber niemand wußte es genau», erwiderte die Witwe. «Dagegen weiß man jetzt, daß das Lied Margot Ramírez gewidmet war. Sie wollten heiraten, und nur sie beide und Pastors Mutter wußten davon. Es wäre besser für sie gewesen, wenn sie das einzige Geheimnis, das im Ort gewahrt bleiben konnte, nicht so eifersüchtig gehütet hätten.»

Roberto Asís blickte seine Mutter mit dramatischer Glut an. «Heute früh glaubte ich einen Moment, ich müßte sterben», sagte er.

Die Witwe schien ungerührt. «Die Asís sind eifersüchtig», bemerkte sie, «das war das größte Unglück dieses Hauses.»

Sie schwiegen lange. Es war fast vier Uhr, und die Hitze ließ allmählich nach. Als Roberto Asís den elektrischen Ventilator abstellte, erwachte das ganze Haus und war sogleich erfüllt von Frauenstimmen und Vogelgezwitscher.

«Reich mir das Fläschchen, das auf dem Nachttisch steht», bat die Witwe.

Sie nahm aus der Flasche zwei Pillen, grau und rund wie künstliche Perlen, und gab sie ihrem Sohn mit den Worten zurück: «Nimm zwei, dann wirst du schlafen können.» Mit dem Wasser, das seine Mutter im Glas übriggelassen hatte, schluckte er sie und ließ den Kopf aufs Kissen sinken.

Die Witwe seufzte. Sie schwieg nachdenklich. Dann sagte sie, indem sie wie immer auf den ganzen Ort bezog, was sie über das halbe Dutzend Familien dachte, die ihrer Gesellschaftsschicht angehörten: «Das Übel besteht für diesen Ort darin, daß die Frauen allein zu Hause bleiben müssen, während die Männer im Gebirge umherstreifen.»

Roberto Asís schlief ein. Die Witwe betrachtete das unrasierte Kinn, die lange scharfgeschnittene Nase und dachte an ihren toten Gatten. Auch Adalberto Asís hatte die Verzweiflung gekannt. Er war ein Hüne und in den Bergen zu Hause; in seinem ganzen Leben hatte er sich nur einmal, für fünfzehn Minuten, einen Zelluloidkragen umgebunden, um die Daguerreotypie machen zu lassen, die ihn dort auf dem Nachttisch überlebte. Es hieß von ihm, er habe in diesem Schlafzimmer einen Mann, den er im Bett mit seiner Frau vorgefunden hatte, umgebracht und heimlich im Hof verscharrt. Die Wahrheit sah aber anders aus: mit einem Flintenschuß hatte Adalberto Asís einen Affen getötet, den er überrascht hatte, wie er vom Deckenbalken des Schlafzimmers seine Gattin beäugte, die sich gerade umzog. Vierzig Jahre danach war er gestorben, ohne die Legende berichtigen zu können.

Pater Angel stieg eine steile Treppe hinauf. Im ersten Stock lag am Ende eines Korridors, dessen Wände mit Gewehren und Patronengürteln behängt waren, ein Polizist auf einem Feldbett und las. Er war so in die Lektüre vertieft, daß er den Pater erst bemerkte, als er dessen Gruß vernahm. Er rollte die Zeitschrift zusammen und setzte sich auf.

«Was lesen Sie?» fragte Pater Angel.

Der Polizist zeigte ihm die Zeitschrift. «‹Terry und die Piraten›.»

Der Pater ließ den Blick prüfend über die drei fensterlosen Betonzellen schweifen, die dicke Eisengitter nach dem Korridor abschlossen. In der mittleren Zelle schlief ein zweiter Polizist; er lag in einer Hängematte, nur mit einer Unterhose bekleidet und alle viere von sich gestreckt. Die anderen standen leer. Pater Angel fragte nach César Montero.

«Der ist dort drin.» Der Polizist wies mit dem Kopf auf eine verschlossene Tür. «Das ist das Zimmer des Bürgermeisters.»

«Kann ich mit ihm sprechen?»

«Er ist in Einzelhaft», sagte der Polizist.

Pater Angel bestand nicht darauf. Er erkundigte sich, ob dem Gefangenen nichts fehle. Der Polizist erwiderte, er habe den besten Raum der Polizeistation bekommen, mit guter Beleuchtung und fließendem Wasser, aber er habe seit vierundzwanzig Stunden nichts gegessen. Das Essen, das der Bürgermeister vom Hotel kommen ließ, habe er zurückgewiesen. «Er hat Angst, daß man ihn vergiftet», schloß der Polizist.

«Ihr hättet ihm Essen von zu Hause bringen lassen sollen», meinte der Pater.

«Er will nicht, daß wir seine Frau damit belästigen.»

Der Pater murmelte, als redete er mit sich selbst: «Über all das will ich mit dem Bürgermeister sprechen.» Er wandte sich zum anderen Ende des Ganges, wo sich der Bürgermeister ein kugelfestes Arbeitszimmer hatte einrichten lassen.

«Er ist nicht drin», sagte der Polizist. «Seit zwei Tagen ist er schon zu Hause, mit Zahnschmerzen.»

Pater Angel suchte ihn zu Hause auf. Er lag in der Hängematte und hatte neben sich auf einem Stuhl einen Krug mit Salzwasser, ein Päckchen schmerzstillende Tabletten und den Gürtel mit den Patronentaschen und dem Revolver. Die Wange war immer noch geschwollen.

Pater Angel schob sich einen Stuhl an die Hängematte heran. «Lassen Sie den Zahn ziehen», sagte er.

Der Bürgermeister spie einen Mundvoll Salzwasser in das Nachtgeschirr. «Das ist leicht gesagt», brummte er, den Kopf noch über das Gefäß gebeugt.

Pater Angel begriff. Er sagte sehr leise: «Ich kann in Ihrem Auftrag mit dem Zahnarzt sprechen.» Er holte tief Luft und wagte hinzuzufügen: «Er ist ein einsichtiger Mensch.»

«Wie ein Maulesel», spottete der Bürgermeister. «Ich müßte ihn mit Schüssen kleinkriegen, und dann wären wir nicht weiter als vorher.»

Pater Angel folgte ihm mit dem Blick. Der Bürgermeister ging zum Waschbecken, drehte den Wasserhahn auf, hielt die geschwollene Wange unter den kalten Wasserstrahl und verweilte behaglich einen Augenblick. Dann zerkaute er eine Schmerztablette und trank Wasser aus der Leitung nach.

«Im Ernst», beharrte der Pater; «ich könnte mit dem Zahnarzt sprechen.»

Der Bürgermeister machte eine ungeduldige Geste. «Tun Sie, was Sie wollen, Pater.»

Er legte sich in die Hängematte, schloß die Augen und verschränkte die Hände im Nacken; er schnaufte zornig. Der Schmerz ließ allmählich nach. Als er die Augen wieder öffnete, saß Pater Angel noch immer neben der Hängematte und betrachtete ihn schweigend.

«Was führt Sie her?» fragte der Bürgermeister.

«César Montero», erwiderte der Pater ohne Umschweife. «Der Mann braucht die Beichte.»

«Er ist in Einzelhaft», sagte der Bürgermeister. «Morgen nach dem ersten Verhör können Sie ihm die Beichte abnehmen. Am Montag müssen wir ihn abschieben.»

«Er hat schon achtundvierzig Stunden hinter sich», mahnte der Pater.

«Und ich habe mit diesem Zahn schon zwei Wochen hinter mir», gab der Bürgermeister zurück.

In dem dunklen Zimmer begannen die Mücken zu surren. Pater Angel blickte zum Fenster und sah eine Wolke von einem kräftigen Rosa über dem Fluß schweben. «Und wie ist es mit dem Essen?» fragte er.

Der Bürgermeister kletterte aus der Hängematte, um die Balkontür zu schließen. «Ich habe meine Pflicht getan. Er will nicht, daß man seine Frau behelligt, hat aber auch das Essen aus dem Hotel nicht angerührt.» Er begann «Insektentod» im Zimmer zu versprühen. Pater Angel wollte sein Taschentuch vor die Nase halten, um nicht niesen zu müssen, fand aber statt des Tuches einen zerknitterten Brief in der Tasche. «Ach!» rief er aus und versuchte, den Umschlag mit den Fingern glattzustreichen. Der Bürgermeister unterbrach sein Tun. Der Pater hielt sich die Nase zu, aber es nützte nichts: er nieste zweimal.

«Niesen Sie, Pater», sagte der Bürgermeister. Und lächelnd betonte er: «Wir leben in einer Demokratie.»

Pater Angel lächelte ebenfalls. Er wies auf den verschlossenen Umschlag. «Ich habe ganz vergessen, diesen Brief aufzugeben.» Er fand das Taschentuch im Ärmel und putzte sich die Nase, in die der beißende Geruch des «Insektentods» gestiegen war. Er dachte immer noch an César Montero. «Es ist so, als hielten Sie ihn bei Wasser und Brot.»

«Wenn er es will!» meinte der Bürgermeister. «Wir können ihm das Essen nicht mit Gewalt eintrichtern.»

«Was mich stärker beunruhigt, ist sein Gewissen», sagte der Pater. Ohne das Taschentuch von der Nase zu nehmen, folgte er dem Bürgermeister mit dem Blick durchs Zimmer, bis dieser mit dem Sprühen fertig war. «Er muß in großer Unruhe sein, wenn er fürchtet, daß man ihn vergiften will», fuhr er fort.

Der Bürgermeister stellte die Spritze auf den Boden. «Er weiß, daß alle Pastor gern hatten», meinte er.

«César Montero hatten auch alle gern», wandte der Pater ein.

«Aber Pastor ist nun einmal der Tote.»

Der Pater starrte auf seinen Brief. Die Beleuchtung wurde malvenfarben. «Pastor», murmelte er, «der hatte keine Zeit zu beichten.»

Der Bürgermeister schaltete das Licht ein, bevor er sich in die Hängematte legte. «Morgen wird es mir besser gehen. Nach den gerichtlichen Formalitäten können Sie ihm die Beichte abnehmen. Ist Ihnen das recht?»

Pater Angel war einverstanden. «Es geht ja nur um seinen Seelenfrieden», betonte er nachdrücklich. Mit einer feierlichen Bewegung erhob er sich. Er empfahl dem Bürgermeister, nicht zu viele schmerzstillende Mittel einzunehmen, und der Bürgermeister erinnerte ihn, den Brief nicht zu vergessen.

«Und noch was, Pater», sagte der Bürgermeister. «Versuchen Sie auf jeden Fall, mit dem Zahnklempner zu sprechen.» Er blickte dem Pfarrer nach, der bereits die Treppe erreicht hatte, und fügte lächelnd hinzu: «Auch das trägt zur Festigung des Friedens bei.»

Der Postangestellte saß vor der Tür seines Büros und blickte in den sinkenden Abend. Als Pater Angel ihm den Brief überreichte, ging er in das Büro und befeuchtete mit der Zunge eine Briefmarke zu fünfzehn Centavos, das Porto für die Luftpost und die Sondersteuer für den Aufbau. Er kramte in der Schreibtischlade. Als die Straßenlaternen aufflammten, legte der Pater mehrere Münzen auf die Barriere und ging ohne Gruß davon.

Der Angestellte suchte immer noch in der Schublade. Bald hatte er es satt, in den Papieren zu wühlen, und schrieb mit Tinte in eine Ecke des Umschlages: «Keine Fünfermarken vorrätig.» Er unterzeichnete und drückte den Amtsstempel darauf.

Am selben Abend, nachdem er den Rosenkranz gebetet hatte, fand Pater Angel im Weihwasserbecken eine tote Maus. Trinidad stellte gerade am Taufbecken die Fallen auf. Der Pater faßte das Tier an der Schwanzspitze an. «Du wirst noch ein Unglück anrichten», warf er Trinidad vor und hielt ihr den baumelnden Mäusekadaver entgegen. «Weißt du denn nicht, daß manche Gläubigen das Weihwasser in Flaschen abfüllen und es ihren Kranken zu trinken geben?»

«Na und?» fragte Trinidad.

«Was heißt: na und?» gab der Pater zurück. «Nichts Geringeres, als daß die Kranken Weihwasser mit Arsenik trinken werden.»

Trinidad machte ihn darauf aufmerksam, daß er ihr noch kein Geld für Arsenik gegeben hatte. «Das ist Gips», sagte sie und verriet das Rezept: Sie hatte in den Winkeln der Kirche Gips ausgelegt; die Maus hatte ihn gefressen und war bald darauf, von wahnsinnigem Durst getrieben, zum Becken gelaufen. Das Wasser hatte den Gips im Magen zu Stein werden lassen.

«Auf jeden Fall», meinte der Pater, «ist es besser, du holst dir für das Geld Arsenik. Ich will nicht noch mehr tote Mäuse im Weihwasser sehen.»

Im Arbeitszimmer erwartete ihn eine Abordnung katholischer Damen, angeführt von Rebeca de Asís. Der Pater gab Trinidad Geld für das Arsenik; dann machte er eine Bemerkung über die Hitze im Raum und setzte sich an seinen Arbeitstisch, den drei Damen gegenüber, die schweigend warteten.

«Zu Ihren Diensten, meine verehrten Damen.»

Sie schauten sich an. Dann öffnete Rebeca de Asís ihren Fächer, auf dem eine japanische Landschaft abgebildet war, und sagte unumwunden: «Es handelt sich um jene Zettel, Pater.»

Mit ausdrucksvoller Stimme, als erzählte sie Kindern ein Märchen, schilderte sie die Bestürzung des Ortes. Sie sagte, wenn man auch Pastors Tod «als eine absolut persönliche Angelegenheit» betrachten müsse, fühlten sich die achtbaren Familien doch moralisch verpflichtet, diese Schmierereien ernst zu nehmen.

Adalgisa Montoya, die älteste der drei, stützte sich auf den Griff ihres Sonnenschirmes und erklärte mit Nachdruck: «Wir katholischen Frauen haben beschlossen, in dieser Angelegenheit Stellung zu nehmen.»

Pater Angel dachte einige Sekunden lang nach. Rebeca de Asís seufzte tief, und der Pater fragte sich, wie diese Frau es fertigbrachte, einen so warmen Duft auszuströmen. Sie sah blühend und strahlend aus mit ihrer blendendweißen Haut und ihrer leidenschaftlichen Gesundheit.

Der Pater hatte beim Sprechen den Blick auf einen unbestimmten Punkt geheftet. «Ich bin der Ansicht», sagte er, «daß wir der Stimme des Skandals keine Beachtung schenken dürfen. Wir müssen über ihn und seine Formen erhaben sein und das Gesetz Gottes befolgen wie bisher.»

Adalgisa Montoya stimmte mit einer Kopfbewegung zu. Aber die anderen waren nicht einverstanden: es schien ihnen, daß «dieses Übel früher oder später ein unheilvolles Nachspiel haben könne».

In diesem Augenblick spuckte der Lautsprecher des Kinos die ersten Geräusche aus. Pater Angel schlug sich mit der Hand vor die Stirn. «Entschuldigen Sie», sagte er, während er in der Schublade die Liste der katholischen Zensur suchte. «Was wird heute gespielt?»

«‹Weltraumpiraten›», erwiderte Rebeca de Asís. «Das ist ein Kriegsfilm.»

Pater Angel ging die alphabetisch geordnete Aufstellung durch; mit dem Zeigefinger verfolgte er die lange Liste der Gutachten und murmelte dabei Fetzen von Filmtiteln vor sich hin. Er blätterte um und hielt inne. «Weltraumpiraten.»

Er fuhr mit dem Zeigefinger an den Rand, um die moralische Bewertung zu sehen; da vernahm er statt der erwarteten Schallplatte die Stimme des Kinobesitzers. Dieser gab bekannt, daß die Vorstellung wegen des schlechten Wetters ausfalle. Eine der Frauen erklärte, der Kinobesitzer habe diese Entscheidung getroffen, weil das Publikum das Eintrittsgeld zurückverlange, wenn der Regen die Vorstellung vor der Pause unterbricht.

«Schade», sagte Pater Angel, «der war für alle geeignet.» Er klappte das Heft zu und fuhr fort: «Ich habe schon oft gesagt, dies ist ein gottesfürchtiger Ort. Als mir vor neunzehn Jahren das Amt anvertraut wurde, existierten innerhalb der angesehenen Familien elf eklatante Fälle von Konkubinat. Heute gibt es nur noch eins, und, wie ich hoffe, nicht mehr für lange.»

«Es geht nicht um uns», sagte Rebeca de Así; «aber diese armen Leute . . .»

«Es besteht kein Grund zur Beunruhigung», fuhr der Pater fort, ohne auf den Einwurf zu achten. «Bedenken Sie doch, wie sehr sich dieser Ort verändert hat. Damals gab eine russische Tänzerin auf dem Hahnenkampfplatz eine Vorstellung, nur für Männer, in der sie am Schluß alles versteigerte, was sie auf dem Leibe hatte.»

Adalgisa Montoya unterbrach ihn: «Das stimmt.» Sie erinnerte sich allerdings des Skandals, von dem man ihr berichtet hatte: Als die Tänzerin splitternackt dastand, begann ein Alter auf der Galerie ein Geschrei, stieg auf die oberste Stufe und urinierte ins Publikum. Man hatte ihr erzählt, die übrigen Männer seien dem Beispiel gefolgt und hätten sich schließlich unter irrsinnigem Gebrüll gegenseitig benäßt.

«Heute», fuhr der Pater fort, «steht fest, daß dieser Ort der gottesfürchtigste der ganzen apostolischen Präfektur ist.»

Er versteifte sich auf seine Behauptung. Er berichtete über einige kritische Momente in seinem Kampf gegen die Schwächen und Fehler des Menschengeschlechtes; aber die katholischen Damen, von der Hitze wie benommen, hörten nicht mehr zu. Rebeca de Asís öffnete ihren Fächer wieder, und erst jetzt entdeckte Pater Angel die Quelle ihres Duftes. Der Sandelholzgeruch verdichtete sich in dem sinnbetäubenden Dunst des Zimmers. Der Pater zog das Taschentuch aus dem Ärmel und hielt es sich vor die Nase, um nicht niesen zu müssen.

«Gleichzeitig», fuhr er fort, «ist unser Gotteshaus das ärmste der ganzen apostolischen Präfektur. Die Glocken sind gesprungen, und die Kirche wimmelt von Mäusen; denn mein Leben war der Aufgabe gewidmet, der Moral und den guten Sitten zum Durchbruch zu verhelfen.» Er knöpfte sich den Kragen auf. «Die äußerlichen Arbeiten kann jeder junge Mensch besorgen», sagte er und stand auf. «Dagegen bedarf es der Mühe vieler Jahre und der Erfahrung eines ganzen Lebens, um die Sittlichkeit wiederherzustellen.»

Rebeca de Asís hob ihre zarte Hand, an der ein Smaragdreif den Ehering verdeckte. «Aus diesem Grund waren wir der Ansicht», sagte sie, «die Zettel mit den Gemeinheiten könnten Ihre ganze Arbeit zunichte machen.»

Die Frau, die bis dahin als einzige geschwiegen hatte, nutzte die Pause, um sich Gehör zu verschaffen. «Außerdem sind wir der Meinung, daß sich das Land allmählich erholt und daß das Übel jetzt dem hinderlich sein könnte.»

Pater Angel kramte einen Fächer aus dem Schrank hervor und fächelte sich bedächtig Luft zu. «Das eine hat mit dem anderen nichts zu tun», sagte er. «Wir haben in politischer Hinsicht eine schwierige Zeit durchgemacht, aber die Moral innerhalb der Familie ist unversehrt geblieben.» Er pflanzte sich vor den drei Frauen auf. «In einigen Jahren gehe ich zum apostolischen Präfekten und sage zu ihm: ‹Ich hinterlasse Ihnen jene musterhafte Ortschaft. Jetzt brauchen Sie nur noch einen unternehmenden jungen Menschen zu entsenden, der dort die beste Kirche der ganzen Präfektur errichtet.› Er verbeugte sich leicht und rief aus: «Dann kann ich auf dem Hofe meiner Oberen beruhigt sterben.»

Die Damen protestierten. Adalgisa Montoya gab dem gemeinsamen Gedanken Ausdruck: «Der Ort ist Ihnen doch fast eine Heimat, Pater. Und wir möchten Sie bis zum letzten Augenblick hierbehalten.»

«Wenn es sich darum handelt, eine neue Kirche zu bauen», sagte Rebeca de Asís, «können wir die Kampagne sofort beginnen.»

«Alles zu seiner Zeit», erwiderte Pater Angel. Dann fügte er in verändertem Ton hinzu: «Jedenfalls möchte ich nicht an der Spitze einer Gemeinde alt werden. Ich will nicht, daß es mir ergeht wie dem sanftmütigen Antonio Isabel del Santísimo Sacramento del Altar Castañeda y Montero, der dem Bischof mitteilte, in seiner Gemeinde regne es tote Vögel. Der vom Bischof entsandte Beauftragte traf ihn auf dem Dorfplatz an, wo er mit den Kindern Räuber und Gendarm spielte.»

Die Damen äußerten ihre Bestürzung. «Wer war das?»

«Der Pfarrer, der mir in Macondo im Amt folgte», erklärte Pater Angel. «Er war hundert Jahre alt.»

Der Winter, dessen Unbilden seit den letzten Septembertagen spürbar geworden waren, hielt an jenem Wochenende mit Gewalt Einzug. Der Bürgermeister lag am Sonntag tablettenkauend in seiner Hängematte; der über seine Ufer getretene Fluß verwüstete die tiefergelegenen Teile des Ortes.

Als der Regen am Montag in aller Frühe zum erstenmal etwas nachließ, brauchte der Ort mehrere Stunden, ehe er zu sich kam. Der Billardsaal und der Friseurladen öffneten zeitig, aber die Türen der meisten Häuser blieben bis elf geschlossen.

Señor Carmichael war der erste, der mit leichtem Schauder gewahrte, wie die Leute ihre Häuser auf höhergelegenen Grund umsetzten. Gruppen lärmender Menschen hatten die Stützbalken ausgegraben und trugen die mit Palmblättern gedeckten Behausungen aus Bambusrohr und Lehm im ganzen davon.

Señor Carmichael stand mit aufgespanntem Regenschirm unter dem überhängenden Dach des Friseurladens und beobachtete das mühselige Treiben, als ihn der Barbier aus seiner Versunkenheit riß.

«Sie hätten warten sollen, bis der Regen nachgelassen hat», meinte der Barbier.

«Der läßt auch in den nächsten zwei Tagen nicht nach», erwiderte Señor Carmichael und klappte den Schirm zu. «Das sagen mir meine Hühneraugen.»

Die Männer, die die Häuser trugen, wateten bis an die Knöchel im Schlamm und rammten im Vorbeiziehen die Wände des Friseurladens. Señor Carmichael sah durch das Fenster in das hohle Innere einer Hütte, in ein seiner Intimität beraubtes Schlafzimmer, und plötzlich überkam ihn die Ahnung eines drohenden Unheils.

Es sah aus, als wäre es sechs Uhr früh, doch sein Magen sagte ihm, daß es auf zwölf zuging. Der Syrer Moisés bot ihm an, in seinem Laden zu warten, bis der Regen nachlasse. Señor Carmichael wiederholte seine Voraussage: der Regen werde in den nächsten vierundzwanzig Stunden nicht nachlassen. Er zögerte, bevor er auf den Fußsteig des Nachbarhauses hinübersprang. Eine Schar kriegspielender Jungen warf mit einem Lehmklumpen, der, wenige Meter neben seinen frischgebügelten Hosen, an der Wand zerplatzte. Der Syrer Elías kam mit einem Besen in der Hand aus seinem Laden gerannt und drohte den Jungen in einem Mischmasch aus Arabisch und Spanisch.

Die Jungen hüpften vor Vergnügen. «Glotztürke!»

Señor Carmichael überzeugte sich, daß seine Kleidung nichts abbekommen hatte. Dann klappte er den Regenschirm zu und trat in den Friseurladen, wo er sogleich auf dem Stuhl Platz nahm.

«Ich habe immer gesagt, daß Sie ein kluger Mann sind», meinte der Barbier.

Er band ihm ein Tuch um den Hals. Señor Carmichael atmete den Duft des Lavendelwassers ein, der ihm dieselbe Übelkeit verursachte wie die eisigen Dämpfe beim Zahnarzt. Der Barbier stutzte zunächst das borstige Nackenhaar. Señor Carmichael sah sich ungeduldig nach Lektüre um. «Sind keine Zeitungen da?»

Der Barbier antwortete, ohne seine Arbeit zu unterbrechen: «Im ganzen Land gibt es nur noch die offiziellen Zeitungen, und die kommen mir nicht in diesen Laden, solange ich lebe.»

Señor Carmichael begnügte sich damit, seine rissigen Schuhe zu betrachten; schließlich fragte ihn der Friseur nach der Witwe de Montiel, denn er kam ja direkt von dort. Seit dem Tode des Don Chepe Montiel, bei dem er viele Jahre als Buchhalter gearbeitet hatte, war er ihr Verwalter. «Wie soll's ihr gehen», erwiderte er.

«Unsereiner bringt sich um», sagte der Friseur, als spräche er mit sich selbst, «und ihr gehören ganze Ländereien, die man mit dem Pferd in fünf Tagen nicht durchqueren kann. Sie muß an die zehn Ortschaften besitzen.»

«Drei», berichtigte Señor Carmichael und fügte voller Überzeugung hinzu: «Sie ist die beste Frau der Welt.»

Der Barbier trat an den Frisiertisch, um das Kämmchen zu reinigen. Señor Carmichael sah im Spiegel dieses Bocksgesicht, und wieder einmal war es ihm klar, warum er ihn nicht mochte. Der Barbier blickte beim Sprechen das Spiegelbild an.

«Das nenne ich Geschäft: Meine Partei ist an der Macht, die Polizei bedroht meine politischen Gegner mit dem Tode, und ich kaufe ihnen Ländereien und Vieh zu einem Preis ab, den ich selbst bestimme.»

Señor Carmichael senkte den Kopf. Der Friseur begann von neuem die Haare zu schneiden. «Wenn die Wahlen vorbei sind», schloß er, «bin ich Herr über drei Ortschaften, brauche keine Konkurrenz zu fürchten und habe mein Schäfchen im trockenen, auch wenn die Regierung wechselt. Und das steht fest: Es ist ein besseres Geschäft als selbst die Falschmünzerei.»

«José Montiel war schon lange reich, als die politischen Kämpfe losgingen», sagte Señor Carmichael.

«Er saß in Unterhosen vor einer Reismühle», bemerkte der Friseur. «Es heißt, er habe vor neun Jahren sein erstes Paar Schuhe angezogen.»

«Und wenn es so wäre», räumte Señor Carmichael ein, «die Witwe hatte dennoch nichts mit Montiels Geschäften zu tun.»

«Sie hat sich eben dumm gestellt», behauptete der Barbier.

Señor Carmichael hob den Kopf. Er löste das Tuch vom Hals, um wieder freier atmen zu können. «Deswegen habe ich mir immer lieber von meiner Frau die Haare schneiden lassen», wandte er nun ein. «Sie nimmt kein Geld dafür und spricht außerdem nicht über Politik.»

Der Barbier drückte ihm den Kopf nach vorn und fuhr schweigend mit der Arbeit fort. Zwischendurch ließ er die Schere in der Luft klappern, um einen Überschuß an handwerklicher Kunstfertigkeit abzureagieren. Señor Carmichael hörte Geschrei auf der Straße. Er schaute in den Spiegel: Kinder und Frauen zogen, mit Möbeln und Hausrat aus den verpflanzten Hütten beladen, an der Tür vorbei. Grollend bemerkte er:

Ein besseres Geschäft . . .

... als selbst die Falschmünzerei, urteilte der Barbier über die vermeintlichen Geldmachenschaften des Don Chepe Montiel. Die Methode ist, nebenbei gesagt, nicht nur lukrativer, sondern auch ebenso alt wie die Falschmünzerei. Auf ähnliche Art hat, neben vielen anderen, schon Caligula «Geschäfte» gemacht, um Geld für sein ewiges Würfelspiel zu beschaffen.

Freilich, die Koppelung von Macht und Geld – «Geld macht Macht und Macht macht Geld» – ist selten dauerhaft. Ein gelinder Trost für alle anderen.

«Das Unheil droht uns zu verschlingen, und ihr kommt immer noch mit euren politischen Gehässigkeiten. Seit über einem Jahr sind die Verfolgungen eingestellt worden, und noch immer wird dasselbe geredet.»

«Die Art, wie man uns im Stich läßt, ist auch eine Verfolgung», meinte der Barbier.

«Aber niemand prügelt uns mehr», widersprach Señor Carmichael.

«Uns der Güte Gottes anzuvertrauen, ist auch eine Art Prügel.»

Señor Carmichael entrüstete sich: «Das ist Zeitungsgewäsch.»

Der Barbier schwieg. Er bereitete Schaum in einer Schale und strich ihn mit einem Rasierpinsel in den Nacken Señor Carmichaels. «So ist es eben; man platzt fast vor Ungeduld, mal was sagen zu können», entschuldigte er sich. «Es läuft uns nicht jeden Tag ein unparteiischer Mensch über den Weg.»

«Wenn einer elf Kinder zu ernähren hat, ist er bestimmt unparteiisch», betonte Señor Carmichael.

«Das ist wahr», sagte der Friseur.

Er ließ das Rasiermesser über den Handballen gleiten. Schweigend rasierte er den Nacken aus, strich den Seifenschaum an den Fingern ab und säuberte dann die Finger an der Hose. Zum Schluß fuhr er ihm mit einem Alaunstein über den Nacken. Stumm beendete er seine Arbeit.

Während Señor Carmichael sich den Kragen wieder anknöpfte, fiel sein Blick auf das Schild an der Rückwand des Ladens: «Politische Gespräche verboten.» Er klopfte sich die Haare von den Schultern, hängte sich den Regenschirm an den Arm, deutete auf das Schild und fragte: «Warum nehmen Sie das nicht weg?»

«Das gilt nicht für Sie», sagte der Friseur. «Wir sind uns ja einig, daß Sie ein unparteiischer Mann sind.»

Diesmal zögerte Señor Carmichael nicht, auf den Fußsteig hinüberzuspringen. Der Friseur blickte ihm nach, bis er um die Ecke bog, und starrte dann geistesabwesend in den trüben, bedrohlich angeschwollenen Fluß. Es hatte aufgehört zu regnen, aber eine schwere Wolke hing unbeweglich über dem Ort.

Kurz vor eins trat der Syrer Moisés ein und klagte, daß ihm das Haar auf dem Kopf ausfalle, im Nacken aber mit außergewöhnlicher Schnelligkeit wachse.

Der Syrer kam jeden Montag zum Haareschneiden. Gewöhnlich ließ er den Kopf in einer Art Fatalismus auf die Brust sinken und schnarchte auf arabisch, während der Friseur laute Selbstgespräche hielt. An diesem Montag jedoch fuhr jener bei der ersten Frage erschrocken hoch. «Wissen Sie, wer hier war?»

«Carmichael», sagte der Syrer.

«Carmichael, dieser armselige Neger», bestätigte der Friseur, als müsse er den Namen erklären. «Ich kann diese Sorte Menschen nicht leiden.»

«Carmichael ist kein Mensch», meinte der Syrer Moisés. «Seit drei Jahren hat er nicht ein Paar Schuhe gekauft. Aber in der Politik macht er es richtig: er führt die Bücher mit geschlossenen Augen.»

Er ließ das Kinn auf die Brust sinken, um weiterzuschnarchen, aber der Barbier pflanzte sich mit verschränkten Armen vor ihm auf. «Sagen Sie mal, Sie Dreckstürke: mit wem halten Sie es eigentlich?»

Der Syrer antwortete unerschütterlich: «Mit mir selber.»

«Das ist schlecht», entgegnete der Friseur. «Wenigstens sollten Sie an die vier Rippen denken, die man wegen des Don Chepe Montiel dem Sohn Ihres Landsmannes Elías gebrochen hat.»

«Elías taugt nichts, nur deshalb ist der Junge auf Abwege geraten und hat sich mit Politik befaßt», sagte der Syrer. «Aber jetzt läßt sich's der Bursche in Brasilien wohl sein, und Don Chepe Montiel ist tot.»

Bevor der Bürgermeister sein Zimmer verließ, das in den langen Leidensnächten die gewohnte Ordnung eingebüßt hatte, rasierte er sich die rechte Wange und ließ auf der linken den acht Tage alten Bart stehen. Dann zog er eine saubere Uniform an, fuhr in die Lackstiefel und nutzte das Nachlassen des Regens aus, um zum Mittagessen ins Hotel zu gehen.

Der Speiseaal war leer. Der Bürgermeister drängte sich zwischen den Vierertischen hindurch und setzte sich auf den verborgensten Platz, ganz hinten im Saal.

«Máscaras!» rief er.

Ein sehr junges Mädchen in kurzem, enganliegendem Kleid und mit vollen, straffen Brüsten eilte herbei. Ohne sie anzusehen, bestellte der Bürgermeister das Mittagessen. Als das Mädchen in die Küche zurückging, stellte es den Radioapparat an, der auf einem Wandbord am anderen Ende des Speisesaals stand. Man brachte Nachrichten mit Zitaten aus einer Rede, die der Präsident der Republik am Tag zuvor gehalten hatte; dann folgte eine Aufzählung von Waren, die neuerdings unter das Einfuhrverbot fielen.

Je lauter die Stimme des Sprechers im Raum ertönte, desto drückender wurde die Hitze. Als das Mädchen mit der Suppe zurückkam, kämpfte der Bürgermeister gegen einen Schweißausbruch, indem er sich mit der Mütze Luft zufächelte.

«Mich bringt das Radio auch zum Schwitzen», sagte das Mädchen.

Der Bürgermeister löffelte die Suppe. Er hatte immer gemeint, dieses einsame Hotel, das von gelegentlichen Durchreisenden lebte, würde sich von dem übrigen Ort unterscheiden. Tatsächlich war es schon vor Bestehen des Ortes dagewesen. Die Händler, die aus dem Inneren des Landes kamen, um die Reisernte aufzukaufen, verbrachten auf seinem baufälligen Holzbalkon die Nacht beim Kartenspiel und warteten auf die Morgenkühle, die ihnen Schlaf bringen würde. Oberst Aureliano Buendía höchst persönlich hatte auf der Reise nach Macondo, wo er über die Kapitulationsbedingungen des letzten Bürgerkrieges verhandeln sollte, eine Nacht auf diesem Balkon geschlafen. Das geschah zu einer Zeit, als es meilenweit im Umkreis keine Ortschaften gab. Schon damals war es dasselbe Haus, mit Holzwänden und Zinkdach, mit demselben Speisesaal und denselben Trennwänden aus Pappe zwischen den Zimmern, aber noch ohne elektrisches Licht und ohne sanitäre Anlagen. Ein alter Handlungsreisender erzählte, daß im Speisesaal bis zu Beginn des Jahrhunderts eine Anzahl Masken hing, mit denen sich die Gäste maskierten, wenn sie vor aller Augen ihre Notdurft im Hof verrichteten.

Der Bürgermeister mußte den Kragen aufknöpfen, um die Suppe aufessen zu können. Nach den Nachrichten folgte eine Schallplatte mit in Versen gefaßter Reklame. Dann kam ein sentimentaler Bolero. Ein leidenschaftlich verliebter Mann mit Mentholstimme hatte beschlossen, einer Frau um die ganze Welt nachzureisen. Während der Bürgermeister auf die nächsten Gänge wartete, hörte er sich das Lied an, bis er zwei Kinder mit zwei Stühlen und einem Schaukelstuhl am Hotel vorüberziehen sah. Ihnen folgten zwei Frauen und ein Mann mit Töpfen und Trögen und dem Rest der Einrichtung.

Er ging zur Tür und rief: «Wo habt ihr das Zeug gestohlen?» Die Frauen blieben stehen. Der Mann erklärte ihm, daß sie die Hütte auf höhergelegenen Grund versetzen. Der Bürgermeister fragte, wo sie sie hingebracht hätten, und der Mann wies mit dem Hut nach Süden. «Dort oben, auf ein Gelände, das uns Don Sabas für dreißig Pesos verpachtet hat.»

Der Bürgermeister betrachtete prüfend das Mobiliar. Ein wackliger Schaukelstuhl, gesprungene Töpfe: Arme-Leute-Hausrat. Er dachte einen Augenblick nach. Schließlich sagte er: «Bringt diese Sachen mit allem anderen Gerümpel auf den freien Platz neben dem Friedhof.»

Die Miene des Mannes verfinsterte sich.

«Es ist Gemeindeland und kostet euch nichts», sagte der Bürgermeister. «Die Gemeinde schenkt es euch.»

Dann wandte er sich an die Frauen und fügte hinzu: «Und richtet Don Sabas von mir aus, er soll nicht solch ein Gauner sein.»

Er beendete die Mahlzeit ohne Appetit. Dann rauchte er eine Zigarette. An ihrem Stummel zündete er eine neue an; lange blieb er nachdenklich, mit aufgestützten Ellbogen sitzen, während das Radio sentimentale Boleros leierte.

«An was denken Sie?» fragte das Mädchen und räumte die leeren Teller ab.

Der Bürgermeister zuckte nicht mit der Wimper. «An diese armen Leute.»

Er setzte die Mütze auf und schritt durch den Saal. An der Tür wandte er den Kopf zurück. «Dieser Ort muß endlich in einen anständigen Zustand gebracht werden.»

An der Straßenecke verlegten ihm Hunde, die sich bis aufs Blut balgten, den Weg. In diesem heulenden Durcheinander sah er Rücken und Pfoten, gefletschte Zähne und einen Hund, der mit eingeklemmtem Schwanz davonschlich und eine Pfote nachzog. Der Bürgermeister wich aus und ging auf dem Fußsteig weiter zur Polizeistation.

In der Zelle schrie eine Frau. Der wachhabende Polizist lag auf einem

Feldbett und hielt seinen Mittagsschlaf. Der Bürgermeister trat gegen ein Bein des Feldbettes. Der Polizist fuhr mit einem Ruck hoch.

«Wer ist das?» fragte der Bürgermeister.

Der Polizist nahm Haltung an. «Die Frau, die diese Zettel angebracht hat.»

Aus dem Munde des Bürgermeisters kam eine Flut von Schmähungen, die sich über seine Untergebenen ergoß. Er verlangte zu wissen, wer die Frau gebracht und auf wessen Befehl man sie in die Zelle gesteckt habe. Die Polizisten gaben eine umständliche Erklärung ab.

«Wann habt ihr sie eingelocht?»

Sie hatten sie in der Nacht vom Sonnabend zum Sonntag festgenommen.

«Sie kommt auf jeden Fall raus, und einer von euch geht rein», schrie der Bürgermeister. «Diese Frau hat in der Zelle geschlafen, und frühmorgens war der Ort voller Zettel.»

Kaum war die schwere Eisentür aufgesprungen, als auch schon eine ältere, knochige Frau, deren gewaltiger Haarknoten von einem hohen, spanischen Kamm gehalten wurde, schreiend aus der Zelle herausstürzte.

«Scher dich zum Teufel», sagte der Bürgermeister zu ihr.

Die Frau löste ihren Haarknoten, schüttelte ihr langes, üppiges Haar und rannte, wie eine Besessene, fluchend und kreischend die Treppe hinab. Der Bürgermeister beugte sich über das Geländer und schrie, so laut er konnte, als sollten ihn nicht nur die Frau und seine Beamten hören, sondern die ganze Ortschaft: «Und bleibt mir in Zukunft mit euren Zettelchen vom Halse!»

Es regnete weiter, doch Pater Angel machte seinen Nachmittagsspaziergang. Für die Verabredung mit dem Bürgermeister war es noch zu früh, deshalb suchte er den überschwemmten Ortsteil auf. Zwischen Blumen sah er eine tote Katze treiben.

Als er zurückkehrte, wurde der Nachmittag nun doch etwas trockener, bekam Farbe und Glanz. Eine Barkasse mit geteertem Deck fuhr den trüben, trägen Fluß hinab. Aus einer zur Hälfte eingestürzten Hütte kam ein Kind gelaufen und rief, es habe in einer Muschel das Meer gefunden. Pater Angel hielt die Muschel ans Ohr. Tatsächlich, da war das Meer.

Die Frau des Richters Arcadio saß, die Arme über dem Leib verschränkt, wie gebannt vor ihrer Haustür und starrte auf die Barkasse. Drei Häuser weiter begann die Reihe der Läden, in deren Schaufenstern billiger Plunder lag; die unverschämten Syrer hockten auf Schemeln vor ihren Ladentüren. Der Nachmittag versank in Wolken aus einem kräftigen Rosa und im Lärm der Papageien und Affen auf dem jenseitigen Ufer.

Ein Haus nach dem anderen wurde geöffnet. Unter den schmutzigen Mandelbäumen des Platzes, rings um die Wägelchen mit den Erfrischungen oder an der Viehtränke mit ihrer verwitterten Einfassung aus Granit trafen sich die Männer zu einem Schwätzchen. Pater Angel sann darüber nach, wie sich doch jeden Nachmittag um diese Zeit am Ort das Wunder der Verwandlung vollziehe.

«Pater, erinnern Sie sich an die Gefangenen aus den Konzentrationslagern?»

Pater Angel sah Doktor Giraldo nicht, aber er konnte sich vorstellen, wie dieser hinter dem Drahtnetz des Fensters lächelte. Ehrlich gesagt, er erinnerte sich nicht an die Fotografien, doch er war sicher, sie irgendwann gesehen zu haben.

«Schauen Sie mal ins Wartezimmer», sagte der Arzt.

Pater Angel stieß die Drahtgittertür auf. Auf einer Matte lag eine Gestalt unbestimmbaren Geschlechts, nichts als Knochen und darüber gelbe Haut. Zwei Männer und eine Frau saßen wartend an der dünnen Zwischenwand. Der Pater nahm keinerlei Geruch wahr, aber er meinte, jenes Wesen müsse einen üblen Gestank verbreiten.

«Wer ist das?» fragte er.

«Mein Junge», antwortete die Frau und fügte wie entschuldigend hinzu: «Seit zwei Jahren hat er blutigen Durchfall.»

Der Kranke wandte die Augen zur Tür, ohne den Kopf zu bewegen. Der Pater überkam Entsetzen und Mitleid. «Und was habt ihr mit ihm gemacht?» fragte er.

«Wir geben ihm schon lange grüne Bananen», sagte die Frau, «aber er wollte sie nicht; dabei sind sie ein so gutes Stopfmittel.»

«Ihr müßt ihn zur Beichte bringen», riet der Pater, aber es klang unsicher. Er schloß behutsam die Tür, kratzte mit dem Fingernagel am Fenstergitter und hielt das Gesicht dicht daran, um den Arzt sehen zu können. Doktor Giraldo zerstampfte etwas in einem Mörser.

«Was hat er?» fragte der Pater.

«Ich habe ihn noch nicht untersucht», erwiderte der Arzt; nachdenklich fügte er hinzu: «Das sind Dinge, die den Leuten durch Gottes Fügung widerfahren, Pater.»

Pater Angel ging auf die Bemerkung nicht ein. «Keiner der Toten, die ich in meinem ganzen Leben gesehen habe, schien so tot wie dieser arme Junge», sagte er.

Er verabschiedete sich. Im Hafen lagen keine Boote. Es begann zu dunkeln. Pater Angel merkte, daß sich seine Gemütsverfassung beim Anblick des Kranken gewandelt hatte. Plötzlich kam ihm zum Bewußtsein, daß er sich verspätete, und er eilte schneller zur Polizeistation.

Der Bürgermeister saß auf einem Klappstuhl und hielt den Kopf in den Händen.

«Guten Tag», sagte der Pater sehr langsam.

Der Bürgermeister hob den Kopf, und der Pater erschrak, als er die Verzweiflung in den geröteten Augen sah. Die eine Wange hatte frische Farbe und war rasiert, aber die andere glich einem mit grauer Salbe verschmierten Gestrüpp. Er stieß einen dumpfen Klagelaut aus: «Pater, ich erschieße mich!»

Pater Angel war zutiefst betroffen. «Sie vergiften sich ja mit so vielen Schmerztabletten.»

Der Bürgermeister lief stampfend im Zimmer auf und ab, geriet an die Wand und stieß, beide Hände in den Haaren vergraben, seinen Kopf heftig gegen die Bretter. Pater Angel hatte noch keinen Menschen mit so starken Schmerzen gesehen.

«Nehmen Sie noch zwei Tabletten», sagte er und war sich bewußt, daß er damit nur seine eigene Ratlosigkeit verbergen wollte. «Zwei mehr, das wird Sie auch nicht umbringen.»

Menschlichem Schmerz gegenüber fühlte er sich immer ohnmächtig; und er wußte das auch ganz genau. Er blickte sich in dem nüchternen Raum suchend um, wo die Schmerztabletten sein könnten. An den Wänden standen ein halbes Dutzend lederne Klappsitze und eine mit verstaubten Papieren vollgestopfte Vitrine; an einem Nagel hing eine Lithographie des Präsidenten der Republik. Die einzige Spur der schmerzstillenden Mittel waren die auf dem Boden verstreuten leeren Zellophanhüllen.

«Wo sind sie denn?» fragte er verzweifelt.

«Sie wirken nicht mehr bei mir», sagte der Bürgermeister.

Der Pfarrer trat zu ihm und wiederholte: «Sagen Sie mir doch, wo sie sind.»

Der Bürgermeister fuhr heftig auf, und Pater Angel sah wenige Zentimeter vor seinen Augen ein riesiges und gräßliches Gesicht.

«Verflucht noch mal!» schrie der Bürgermeister. «Ich hab gesagt, ihr sollt mir vom Halse bleiben!»

Er hob einen Klappstuhl hoch über den Kopf und schleuderte ihn mit der ganzen Kraft seiner Verzweiflung in die Vitrine. Erst als der Bürgermeister nach dem plötzlichen Glashagel wie eine Geistererscheinung aus dem Staubnebel auftauchte, begriff Pater Angel, was geschehen war. In diesem Augenblick herrschte vollkommene Stille.

«Leutnant», murmelte der Pater.

In der Tür zum Gang standen die Polizisten mit angelegtem Gewehr. Der Bürgermeister starrte sie an, ohne sie zu sehen. Sein Atem ging tief und rasch wie bei einer Katze. Sie senkten die Gewehre, blieben jedoch unbeweglich neben der Tür stehen. Pater Angel führte den Bürgermeister am Arm zu dem Klappstuhl. «Wo sind die Schmerztabletten?» beharrte er.

Der Bürgermeister schloß die Augen und ließ den Kopf zurücksinken. «Ich nehme nichts mehr ein von dem Dreckzeug», sagte er. «Es summt mir in den Ohren, und mein ganzer Schädel ist wie betäubt.» Als der Schmerz für einen Moment nachließ, wandte er den Kopf zum Pater und fragte: «Haben Sie mit dem Zahnklempner gesprochen?»

Der Pater bejahte schweigend. In seiner Miene las der Bürgermeister das Ergebnis der Unterredung.

«Warum sprechen Sie nicht mit Doktor Giraldo?» schlug der Pater vor. «Es gibt Ärzte, die auch Zähne ziehen.»

Der Bürgermeister zögerte mit der Antwort. «Er wird sagen, er hat keine Zange»; und er fügte hinzu: «Es ist eine Verschwörung.»

In dem kurzen schmerzfreien Moment versuchte er, sich nach dem unbarmherzigen Nachmittag etwas auszuruhen. Als er die Augen wieder öffnete, lag das Zimmer im Halbdunkel. Er sagte, ohne Pater Angel anzusehen: «Sie kamen wegen César Montero.» Als keine Antwort erfolgte, fuhr er fort: «Bei diesen Schmerzen habe ich nichts machen können.» Er stand auf, um das Licht anzuschalten, und die erste Wolke Moskitos kam vom Balkon herein.

Pater Angel empfand jäh die angstvolle Beklemmung, die diese Stunde weckt. «Die Zeit vergeht», sagte er.

«Auf jeden Fall muß er Mittwoch weg», erklärte der Bürgermeister. «Morgen wird erledigt, was zu erledigen ist, und nachmittags nehmen Sie ihm die Beichte ab.»

«Um wieviel Uhr?»

«Um vier.»

«Auch wenn es regnet?»

Der Bürgermeister entlud in einem einzigen Blick all die Ungeduld, die sich in zwei schmerzenreichen Wochen bei ihm angestaut hatte. «Auch wenn die Welt untergeht, Pater.»

Der Schmerz sprach auf Analgetika nicht mehr an. Der Bürgermeister befestigte seine Hängematte auf dem Balkon; er hoffte, in den kühleren Nachtstunden Schlaf zu finden. Aber schon vor acht Uhr packte ihn von neuem die Verzweiflung, und er ging auf den Platz hinunter, wo dumpfe Hitze brütete.

Er streifte umher, ohne auf etwas zu stoßen, was ihn von seinen Schmerzen abgelenkt hätte. Dann ging er ins Kino. Das war falsch. Das Brummen der Kriegsflugzeuge steigerte noch seine Schmerzen. Vor der Pause verließ er den Saal und erreichte die Apotheke, gerade als Don Lalo Moscote die Türen schließen wollte.

«Geben Sie mir das stärkste Mittel, das Sie gegen Zahnschmerzen haben.»

Der Apotheker betrachtete seine Wange mit einem erstaunten Blick. Dann verschwand er im Ladeninneren, zwischen einer Doppelreihe von Glasschränken voller Porzellantöpfchen, von denen jedes in blauen Buchstaben die Bezeichnung des Inhaltes trug. Als der Bürgermeister ihn so von hinten betrachtete, wußte er, daß dieser Mann mit dem fetten, rosigen Nacken eben einen Augenblick des Glücks durchlebte. Er kannte ihn. Er bewohnte zwei Zimmer hinter der Apotheke, und seine Gattin, eine sehr dicke Frau, war seit vielen Jahren gelähmt.

Don Lalo Moscote kehrte mit einem Porzellantöpfchen ohne Aufschrift zurück, das beim Öffnen einen starken Duft nach süßen Kräutern verströmte.

«Was ist das?»

Der Apotheker versenkte die Finger in die trockenen Samenkörner.

«Wiesenkresse», sagte er. «Man kaut sie gut und schluckt den Saft nach und nach: Es gibt nichts Besseres gegen das Reißen.» Er schüttete sich ein paar Körner in die Hand und schaute über seine Brille hinweg den Bürgermeister an. «Machen Sie den Mund auf.»

Der Bürgermeister wich zur Seite. Er drehte das Töpfchen hin und her, um zu sehen, ob es nicht irgendeine Aufschrift trug, und heftete den Blick wieder auf den Apotheker. «Geben Sie mir etwas Ausländisches», bat er.

«Das hier ist besser als alles Ausländische», sagte Don Lalo Moscote. «Eine dreitausend Jahre alte Volksweisheit bürgt dafür.»

Er wickelte die Körner in ein Stück Zeitungspapier. Er wirkte keineswegs wie ein Familienvater, sondern ähnelte eher einem gütigen Onkel, wie er so die Wiesenkresse mit demselben liebevollen Eifer einpackte, mit dem man Kindern einen Papierflieger macht. Als er den Kopf hob, lächelte er. «Warum lassen Sie ihn nicht ziehen?»

Der Bürgermeister antwortete nicht. Er bezahlte mit einem Schein und verließ die Apotheke, ohne auf das Wechselgeld zu warten.

Nach Mitternacht wand er sich noch immer in der Hängematte und wagte nicht, die Samenkörner zu kauen. Gegen elf Uhr, als die Hitze ihren Höhepunkt erreicht hatte, war ein Wolkenbruch niedergeprasselt, der nun in Nieselregen überging. Erschöpft vom Fieber und unter dem eiskalten Schweiß, der ihn bedeckte, fröstelnd, streckte sich der Bürgermeister in der Hängematte aus, öffnete den Mund und begann in Gedanken zu beten. Er betete inbrünstig, jede Faser seines Körpers zum Zerreißen gespannt; doch er merkte, je mehr er sich mühte, Gottes Nähe zu finden, desto gewaltiger wurde die Kraft, mit der ihn der Schmerz von ihm fortriß. Da fuhr er in die Stiefel, zog den Regenmantel über den Schlafanzug und lief zur Polizeistation.

Unter wütendem Rufen stürzte er hinein.

Die Polizisten zappelten in einem Netzwerk aus Alptraum und Wirklichkeit und rannten sich gegenseitig um, als sie ihre Waffen im Dunkeln suchten. Da ging das Licht an. Sie standen, nur halb bekleidet, da und erwarteten die Befehle.

«González, Rovira, Peralta!» schrie der Bürgermeister.

Die drei Aufgerufenen traten vor und umringten den Leutnant. Es lag kein sichtbarer Grund vor für diese Auswahl: es waren drei gewöhnliche Mestizen. Einer von ihnen, mit recht kindlichen Zügen und kurzgeschorenem Haar, war im Flanellunterhemd. Die beiden anderen trugen ebensolche Hemden unter dem offenstehenden Waffenrock.

Sie erhielten keinen klaren Befehl. Vier Stufen auf einmal nehmend, sprangen sie, einer hinter dem andern, die Treppe hinunter und folgten dem Bürgermeister. Sie verließen die Station, überquerten die Straße, ohne sich um den Nieselregen zu kümmern, und hielten erst vor der Zahnpraxis ein. Nach dem zweiten Ansturm zersplitterte die Tür unter den Kolbenhieben. Schon waren sie im Haus, als in der Diele das Licht aufflammte. Ein kleiner, kahlköpfiger, sehniger Mann in Unterhosen erschien am anderen Ende in der Tür, bemüht, den Bademantel anzuziehen. Im ersten Augenblick stand er, mit erhobenem Arm und offenem Mund, wie erstarrt, wie vom Blitzlicht eines Fotografen gebannt. Dann machte er einen Satz rückwärts und prallte gegen seine Frau, die im Nachthemd aus dem Schlafzimmer kam.

«Ruhe!» schrie der Leutnant.

Die Frau hielt sich entsetzt die Hände vor den Mund und verschwand wieder im Schlafzimmer. Der Zahnarzt trat in die Diele; er verknotete die Kordel seines Bademantels und erkannte erst jetzt die drei Polizisten, die ihre Gewehre auf ihn gerichtet hielten, und den völlig durchnäßten Bürgermeister, der ruhig dastand, die Hände in den Taschen des Regenmantels vergraben.

«Wenn Ihre Frau das Zimmer verläßt, wird auf sie geschossen», sagte der Leutnant.

Der Zahnarzt faßte die Klinke und rief ins Schlafzimmer hinein: «Da hörst du es, mein Kind», und schloß die Tür mit pedantischer Sorgfalt. Dann schritt er zwischen den verblichenen Rohrstühlen hindurch zum Behandlungsraum, stets belauert von den verräucherten Augen der Gewehrläufe. An der Tür zum Behandlungszimmer drängten sich zwei Polizisten vor. Der eine schaltete das Licht an; der andere ging zum Arbeitstisch und zog einen Revolver aus der Schublade.

«Es muß noch einer da sein», sagte der Bürgermeister. Er war hinter dem Zahnarzt als letzter eingetreten. Die beiden Polizisten nahmen eine schnelle, aber gründliche Durchsuchung vor, während der dritte an der Tür Wache stand. Sie schütteten den Instrumentenkasten auf den Arbeitstisch aus und warfen dabei wahllos Gipsabdrücke, halbfertige Zahnprothesen, lose Zähne und Goldkronen auf den Boden, leerten die Porzellantöpfe der Vitrine und schlitzten mit raschen Bajonetthieben die Kopfstütze des Behandlungsstuhles und den gefederten Sitz des Drehstuhles auf.

«Es ist eine lange Achtunddreißiger, langer Lauf», erläuterte der Bürgermeister.

Prüfend betrachtete er den Zahnarzt. «Es ist besser, Sie sagen gleich, wo sie ist», riet er ihm. «Wir sind nicht gekommen, um das ganze Haus auf den Kopf zu stellen.»

Die schmalen, gleichsam erloschenen Augen des Zahnarztes hinter den in Gold gefaßten Brillengläsern blieben ausdruckslos. «Ich habe keine Eile», erwiderte er gelassen. «Wenn Sie Lust haben, können Sie es noch weiter auf den Kopf stellen.»

Der Bürgermeister überlegte. Nachdem er sich in dem Zimmerchen mit den Dielen aus rohem Holz nochmals umgesehen hatte, ging er zum Behandlungsstuhl, während er seinen Polizisten scharfe Befehle erteilte. Einer mußte an der auf die Straße führenden Tür Posten stehen, der zweite an der Tür des Sprechzimmers und der dritte neben dem Fenster. Als er sich auf den Stuhl setzte und endlich den nassen Regenmantel zuknöpfte, fühlte er sich wie von kalten Metallen umgeben. Er sog den Kreosotgeruch ein, lehnte den Kopf gegen die Stütze und bemühte sich, gleichmäßig zu atmen. Der Zahnarzt hob einige Instrumente vom Boden auf und legte sie zum Auskochen in eine Kasserolle.

Er kehrte dem Bürgermeister den Rücken zu und betrachtete die blaue Flamme des Spirituskochers mit dem gleichen Ausdruck, als wäre er allein im Zimmer gewesen. Als das Wasser kochte, wickelte er Papier um den Griff der Kasserolle und ging damit zum Stuhl. Der Polizist stand im Wege. Der Zahnarzt senkte die Kasserolle, um über den Dampf hinweg den Bürgermeister sehen zu können, und sagte: «Befehlen Sie diesem Totschläger, sich dort hinzustellen, wo er nicht stört.»

Auf ein Zeichen des Bürgermeisters trat der Polizist vom Fenster zurück, um den Weg zum Stuhl freizugeben. Er schob einen Hocker an die Wand, setzte sich und spreizte die Beine; er legte sein Gewehr quer über die Schenkel und vernachlässigte keine Sekunde die Wachsamkeit. Der Zahnarzt knipste die Lampe an. Von der plötzlichen Helligkeit geblendet, schloß der Bürgermeister die Augen und öffnete den Mund. Die Schmerzen hatten aufgehört.

Der Zahnarzt lokalisierte den kranken Zahn, indem er mit dem Zeigefinger die entzündete Wange zur Seite drückte und mit der anderen Hand die bewegliche Lampe dirigierte, gänzlich ungerührt von den angstvollen Atemstößen des Patienten. Dann streifte er den Ärmel bis zum Ellbogen hoch und machte sich daran, den Zahn zu ziehen.

Der Bürgermeister packte ihn beim Handgelenk. «Betäubung!» stieß er hervor.

Ihre Blicke begegneten sich zum erstenmal.

«Ihr tötet ohne Betäubung», sagte ruhig der Zahnarzt.

Der Bürgermeister merkte, daß diese Hand, die die Zange hielt, keinerlei Versuch machte, sich zu befreien. «Holen Sie die Ampullen!» sagte er.

Der in der Ecke postierte Polizist richtete den Gewehrlauf auf sie, und beide vernahmen das Geräusch der Waffe, als sie in Anschlag gebracht wurde.

«Und wenn keine da sind», sagte der Zahnarzt.

Der Bürgermeister ließ das Handgelenk los. «Es müssen doch welche dasein», erwiderte er und betrachtete stumpf die über den Boden verstreuten Dinge. Der Zahnarzt beobachtete ihn mit teilnahmsvoller Aufmerksamkeit. Dann drückte er ihn wieder gegen die Kopfstütze und ließ zum erstenmal Zeichen der Ungeduld erkennen, als er sagte: «Seien Sie kein Feigling, Leutnant; bei so einem Abszeß hilft keine Betäubung.»

Als der Bürgermeister den furchtbarsten Augenblick seines Lebens überstanden hatte, entspannten sich seine Muskeln, und er blieb erschöpft auf dem Stuhl sitzen. Die Konturen, die die Feuchtigkeit auf die Pappe der Zimmerdecke gemalt hatte, prägten sich seinem Gedächtnis unauslöschlich ein. Er hörte den Zahnarzt am Waschbecken hantieren. Er hörte, wie er die Tischkästen zuschob und schweigend einige Gegenstände vom Boden aufhob.

«Rovira!» rief der Bürgermeister. «Sag dem González, er soll hereinkommen; dann hebt ihr die Sachen vom Boden auf und macht Ordnung, bis alles so ist, wie ihr es vorgefunden habt.»

Die Polizisten taten es. Der Zahnarzt nahm mit der Pinzette etwas Watte, tränkte sie in einer eisenfarbenen Flüssigkeit und legte sie in die Wunde. Der Bürgermeister verspürte ein leichtes Brennen. Auch als der Zahnarzt ihm den Mund geschlossen hatte, hielt er noch immer den Blick auf die Zimmerdecke geheftet und verfolgte das lärmende Hantieren der Polizisten, die sich mühten, die peinliche Ordnung des Behandlungszimmers wiederherzustellen. Vom Turm schlug es zwei. Im Rauschen des Regens wiederholte eine Rohrdommel mit einer Minute Verspätung den Stundenschlag.

Kurz darauf, als der Bürgermeister merkte, daß seine Polizisten fertig waren, gab er ihnen ein Zeichen, zur Polizeistation zurückzukehren.

Der Zahnarzt stand die ganze Zeit neben dem Stuhl. Als die Polizisten gingen, nahm er den Tampon aus der Zahntasche. Dann untersuchte er mit Hilfe der Lampe die Mundhöhle des Patienten, klappte ihm den Mund zu und knipste das Licht aus. Die Arbeit war beendet. In dem stickigen Zimmerchen blieb die eigentümlich bedrückende Leere zurück, die nur die Reinemachefrauen eines Theaters kennen, wenn der letzte Schauspieler gegangen ist.

«Sie sind undankbar», sagte der Bürgermeister.

Der Zahnarzt steckte die Hände in die Taschen des Bademantels und trat einen Schritt zurück, um ihn vorbeizulassen.

«Wir hatten Befehl zur Haussuchung», fuhr der Bürgermeister fort und suchte hinter dem Lichtkegel seine Augen. «Wir hatten exakte Anweisungen, Waffen, Munition und Dokumente mit Einzelheiten über eine nationale Verschwörung aufzustöbern.» Er heftete seine noch immer feuchten Augen auf den Zahnarzt und fügte hinzu: «Sie wissen, daß es stimmt.»

Der Zahnarzt blieb undurchdringlich.

«Ich glaubte Gutes zu tun, indem ich diesen Befehl nicht befolgte», fuhr der Bürgermeister fort. «Aber ich hatte mich geirrt. Jetzt ändern sich die Verhältnisse, die Rechte der Opposition sind garantiert, alle Welt lebt in Frieden, und Sie denken weiterhin wie ein Verschwörer.»

Der Zahnarzt rieb mit dem Ärmel das Sitzkissen trocken und drehte die unversehrte Seite nach oben.

«Ihre Einstellung schadet dem Ort», fuhr der Bürgermeister fort und wies auf das Kissen, ohne den nachdenklichen Blick zu beachten, den der Zahnarzt auf seine Wange richtete. «Jetzt muß die Gemeinde den ganzen Quark bezahlen und die Haustür obendrein. Ein Heidengeld, bloß wegen Ihrer Dickköpfigkeit.»

«Machen Sie Spülungen mit Bockshornklee», sagte der Zahnarzt.

Richter Arcadio schlug im Lexikon des Telegrafenamtes nach, denn in seinem fehlten ein paar Buchstaben. Er fand keine klare Auskunft: *Pasquill – Name eines römischen Schusters, berühmt durch seine Satiren auf alle Welt,* und weitere unwichtige Einzelheiten. Mit dem gleichen historischen Recht, überlegte er, könnte man solche an Haustüren angebrachte anonyme Zettel auch «Marforio» nennen. Er war dennoch nicht enttäuscht. In den zwei Minuten, die er für die Nachforschung aufwandte, erlebte er zum erstenmal seit langer Zeit die innere Ruhe, die man nach erfüllter Pflicht empfindet.

Der Telegrafist sah ihn das Lexikon in das Regal, zwischen die vergessenen Sammelbände von Anordnungen und Verfügungen des Post- und Telegrafenwesens zurückstellen und beendete die Übermittlung einer Botschaft mit einem energischen Zeichen. Dann trat er, die Karten mischend, näher, um den neuesten Trick vorzuführen: Drei Karten sollten erraten werden. Aber Richter Arcadio ging nicht darauf ein. «Ich bin gerade jetzt sehr beschäftigt», entschuldigte er sich und trat hinaus in die Backofenglut auf der Straße, geplagt von der unklaren Vorstellung, daß es kaum elf Uhr war und daß dieser Dienstag noch viele Stunden für ihn bereithielt, die es auszufüllen galt.

In seinem Büro erwartete ihn der Bürgermeister mit einem heiklen Problem. Auf Grund der letzten Wahlen hatte die Polizei die Wählerkarten der Oppositionspartei beschlagnahmt und vernichtet. Ein großer Teil der Bewohner besaß jetzt keine Personalausweise mehr.

«Diese Leute, die gerade ihre Häuser umsetzen», schloß, die Arme ausgebreitet, der Bürgermeister, «wissen nicht einmal, wie sie heißen.»

Richter Arcadio erkannte, daß sich hinter diesen ausgebreiteten Armen aufrichtige Sorge verbarg. Aber das Problem des Bürgermeisters war einfach: Er brauchte nur zu beantragen, daß ein neuer Personenstandsbeamter ernannt wurde. Der Sekretär vereinfachte die Lösung noch. «Sie brauchen ihn bloß herzuzitieren», sagte er. «Er ist seit ungefähr einem Jahr ernannt.»

Der Bürgermeister erinnerte sich. Vor Monaten, als ihm die Ernennung des Personenstandsbeamten mitgeteilt worden war, hatte er ein Ferngespräch angemeldet, um anzufragen, wie er ihn empfangen sollte, und man hatte ihm geantwortet: «Mit Schüssen.» Jetzt trafen ganz andere Anweisungen ein. Die Hände in den Taschen, wandte er sich an den Sekretär: «Schreiben Sie den Brief.»

Das Geklapper der Maschine schuf im Büro eine Atmosphäre des Tatendranges, die auf Richter Arcadio zurückwirkte. Er fühlte eine innere Leere. Er zog eine ganz verbogene Zigarette aus der Hemdtasche und rollte sie zwischen den Handflächen, bevor er sie anzündete. Dann drückte er die Lehne bis zur Dehnbarkeitsgrenze der Federn nach hinten, und in dieser Stellung kam es ihm plötzlich deutlich zum Bewußtsein, daß er eine Minute seines Daseins erlebte.

Er legte sich den Satz zurecht, bevor er ihn aussprach: «Ich würde an Ihrer Stelle auch gleich einen Verwaltungsbeamten ernennen.»

Wider Erwarten antwortete der Bürgermeister nicht sofort. Er schaute auf die Uhr, sah aber nicht, wie spät es war. Er begnügte sich mit der Feststellung, daß bis zum Mittagessen noch viel Zeit war. Als er endlich sprach, geschah es ohne Schwung: Er kannte den Verfahrensweg bei der Berufung eines Verwaltungsbeamten nicht.

«Der Kämmerer wurde vom Gemeinderat ernannt», erläuterte Richter Arcadio. «Da zur Zeit kein Gemeinderat existiert, haben Sie auf Grund des Ausnahmezustandes die Vollmacht, diesen zu ernennen.»

Der Bürgermeister hörte ihm zu und unterschrieb währenddessen den Brief, ohne ihn gelesen zu haben. Dann äußerte er lebhaft seine Zustimmung, doch der Sekretär brachte ethische Einwände gegen den von seinem Vorgesetzten empfohlenen Weg vor. Richter Arcadio beharrte: Es sei eine durch den Notstand berechtigte Notmaßnahme.

«Klingt nicht übel», sagte der Bürgermeister.

Er nahm die Mütze ab, um sich Luft zuzufächeln; Richter Arcadio sah den Abdruck des Mützenrandes auf seiner Stirn. An der Art, wie der Bürgermeister sich Luft zufächelte, erkannte er, daß dieser mit seinen Überlegungen noch nicht am Ende war. Er klopfte mit dem langen, gebogenen Nagel des kleinen Fingers die Asche von der Zigarette und wartete.

«Wüßten Sie einen Anwärter?» fragte der Bürgermeister. Es war offensichtlich, daß er sich an den Sekretär wandte.

«Einen Anwärter», wiederholte der Richter und schloß die Augen.

«Ich an Ihrer Stelle würde einen ehrlichen Mann ernennen», sagte der Sekretär.

Der Richter machte die Dreistigkeit wieder gut. «Das versteht sich doch von selbst», sagte er und blickte die beiden abwechselnd an.

«Zum Beispiel . . .» forschte der Bürgermeister.

«Jetzt fällt mir gerade keiner ein», sagte der Richter nachdenklich.

Der Bürgermeister ging zur Tür. «Denken Sie darüber nach», mahnte er. «Wenn wir das Übel des Hochwassers überstanden haben, wollen wir uns dem anderen Übel, dem Verwaltungsbeamten, zuwenden.»

Der Sekretär blieb über die Maschine gebeugt, bis die Schritte des Bürgermeisters nicht mehr zu hören waren.

«Er ist verrückt», sagte er dann. «Vor anderthalb Jahren haben sie dem Kämmerer den Kopf mit dem Gewehrkolben eingeschlagen, und jetzt rennt der herum und sucht einen Anwärter, dem er den Posten schenken kann.»

Richter Arcadio sprang auf. «Ich gehe», sagte er. «Ich habe keine Lust, mir von deinen terroristischen Ausführungen das Mittagessen verderben zu lassen.»

Er verließ das Büro. In der Mittagsstimmung lag etwas Unheilvolles. Der Sekretär spürte es mit seinem besonderen Sinn für abergläubische Dinge. Als er das Schloß vorlegte, war ihm, als täte er etwas Verbotenes. Er ergriff die Flucht. An der Tür des Telgrafenamtes holte er Richter Arcadio ein, der gern herausbekommen hätte, ob sich der Kartentrick nicht auch beim Poker irgendwie verwenden ließe. Der Telegrafist wollte das Geheimnis nicht preisgeben. Er kam ihm aber so weit entgegen, den Trick mehrmals zu wiederholen, um Richter Arcadio Gelegenheit zu geben, selber den Kniff herauszufinden. Auch der Sekretär folgte seinen Bewegungen. Schließlich kam ihm eine Erleuchtung. Richter Arcadio dagegen sah sich die Karten nicht einmal an. Er wußte, daß es die gleichen waren, die er aufs Geratewohl gewählt hatte und die der Telegrafist ihm zurückgab, ohne einen Blick darauf geworfen zu haben.

«Das ist eben Zauberei», sagte der Telegrafist.

Richter Arcadio dachte erst jetzt an die Absicht, die Straße zu überqueren. Als er sich zum Gehen entschloß, ergriff er den Sekretär beim Arm und zwang ihn, mit ihm in die Atmosphäre geschmolzenen Glases einzutauchen. Auf dem schattigen Gehsteig tauchten sie wieder daraus empor. Nun erklärte ihm der Sekretär den Trick. Er war so einfach, daß Richter Arcadio sich gekränkt fühlte.

Schweigend legten sie eine Strecke Wegs zurück.

«Natürlich haben Sie nichts ermittelt», sagte der Richter plötzlich.

Der Sekretär brauchte einen Augenblick, um zu erfassen, was er meinte.

«Das ist sehr schwierig», sagte er endlich. «Die meisten Zettel werden noch vor dem Morgengrauen abgerissen.»

«Das ist auch so ein Trick, den ich nicht verstehe», bemerkte Richter Arcadio. «Mir würde ein Zettel, den niemand gelesen hat, den Schlaf nicht rauben.»

«Das ist es ja eben», sagte der Sekretär und blieb stehen, denn er war vor seinem Haus angekommen. «Was den Schlaf raubt, ist nicht der Zettel, sondern die Angst vor dem Zettel.»

Obwohl die Angaben, die der Sekretär gesammelt hatte, unvollständig waren, wollte Richter Arcadio sie haben. Er notierte sich die Fälle, mit Namen und Datum: elf in sieben Tagen. Es gab keinerlei Beziehung zwischen den elf Namen. Alle, die die Zettel gesehen hatten, sagten übereinstimmend aus, sie seien mit blauer Tinte und Pinsel geschrieben, und zwar in einem Durcheinander aus großen und kleinen Druckbuchstaben, als wäre ein Kind am Werk gewesen. Die Rechtschreibung war so unsinnig, daß die Fehler beabsichtigt schienen. Diese Schmierereien verrieten keinerlei Geheimnisse: Es stand nichts darin, was nicht seit langem allgemein bekannt gewesen wäre.

Er hatte allerlei Vermutungen angestellt; plötzlich rief ihm der Syrer Moisés von seinem Laden aus zu: «Haben Sie einen Peso?»

Richter Arcadio verstand nicht. Aber er kehrte seine Taschen um: fünfundzwanzig Centavos und eine nordamerikanische Münze, die er seit seiner Studentenzeit als Amulett bei sich trug.

Der Syrer Moisés ergriff die fünfundzwanzig Centavos. «Nehmen Sie mit, was Sie wollen, und bezahlen Sie, wann Sie wollen», sagte er und ließ die Münzen in der leeren Kasse klingeln. «Ich möchte nicht, daß es zwölf schlägt, ohne daß ich etwas an den Mann gebracht habe.»

Und so betrat Richter Arcadio Schlag zwölf, mit Geschenken für seine Frau beladen, sein Haus. Er setzte sich aufs Bett, um die Schuhe zu wechseln, während sie sich in ein Stück bedruckte Seide hüllte und sich ausmalte, wie sie nach der Entbindung in dem neuen Kleid aussehen würde. Sie gab ihrem Mann einen Kuß auf die Nase. Er wollte ihr ausweichen, aber sie warf sich quer über das Bett auf ihn. Sie blieben unbeweglich liegen. Richter Arcadio strich ihr mit der Hand über den Rücken und spürte die Wärme ihres gewölbten Leibes; plötzlich bemerkte er das Zucken seiner Lenden.

Sie hob den Kopf und murmelte zwischen den Zähnen: «Warte, ich mach die Tür zu.»

Der Bürgermeister blieb, bis das letzte Haus eingerichtet war. In zwanzig Stunden hatten sie eine neue, breite Straße geschaffen, die allerdings keine Bäume hatte und an der Friedhofsmauer jäh endete. Nachdem er, Schulter an Schulter mit den Besitzern, beim Möbeltransport geholfen hatte, trat er, dem Ersticken nahe, in die nächste beste Küche ein. Auf dem Boden kochte die Suppe auf einer improvisierten Kochstelle. Er hob den Deckel vom Tontopf und sog einen Augenblick den Dampf ein. Hinter der Kochstelle verfolgte ihn schweigend eine dürre Frau mit ihren großen, sanften Augen.

«Hier wird gegessen», stellte der Bürgermeister fest.

Die Frau antwortete nicht. Der Bürgermeister schöpfte sich unaufgefordert einen Teller Suppe auf. Nun holte die Frau einen Stuhl aus dem Nebenraum und stellte ihn an den Tisch, damit der Bürgermeister sich setzen konnte. Während er die Suppe löffelte, blickte er mit einer Art ehrfürchtigem Schrecken auf den Hof hinaus. Gestern noch war das ein kahles Gelände gewesen. Jetzt hing Wäsche zum Trocknen da, und zwei Schweine wälzten sich im Schlamm.

«Ihr könnt sogar säen», sagte er.

Die Frau antwortete, ohne den Kopf zu heben: «Die Schweine fressen alles auf.» Dann legte sie ein Stück gekochtes Fleisch, zwei Stücke Yucca und eine halbe grüne Banane auf einen Teller und stellte ihn auf den Tisch. Absichtlich legte sie in diesen Akt der Gastfreundschaft alle Gleichgültigkeit, deren sie fähig war. Der Bürgermeister suchte lächelnd mit dem Blick die Augen der Frau. «Es ist für alle da», erklärte er.

«Wolle Gott, daß es Ihnen schwer im Magen liegt», sagte die Frau, ohne ihn anzusehen.

Er überhörte den bösen Wunsch und widmete sich ganz dem Mittagessen, ohne sich um den Schweiß zu kümmern, der ihm in Strömen den Hals hinablief. Als er mit dem Essen fertig war, räumte die Frau den leeren Teller ab und vermied es, ihn anzublicken.

«Wie lange wollt ihr noch so weitermachen?» fragte der Bürgermeister.

Die Frau sprach, ohne ihren sanften Gesichtsausdruck zu verändern. «Bis unsere Toten, die ihr umgebracht habt, wieder auferstehen.»

«Jetzt ist es ganz anders», betonte der Bürgermeister. «Die neue Regierung kümmert sich um das Wohlergehen der Bürger. Ihr dagegen . . .»

Die Frau unterbrach ihn: «Es sind dieselben, mit denselben . . .»

«Daß eine Straße wie diese hier in vierundzwanzig Stunden aufgebaut werden konnte, das hat es früher nicht gegeben», beharrte der Bürgermeister. «Wir bemühen uns, einen anständigen Ort zu schaffen.»

Die Frau nahm die saubere Wäsche von der Leine ab und brachte sie ins Zimmer. Der Bürgermeister folgte ihr mit dem Blick, bis er ihre Antwort hörte: «Bevor ihr gekommen seid, ist dies eine anständige Ortschaft gewesen.»

Er wartete nicht auf den Kaffee. «Undankbar seid ihr», warf er ihr vor. «Wir schenken euch Land, und ihr beklagt euch noch immer.»

Die Frau antwortete nicht. Doch als der Bürgermeister durch die Küche hinausging, murmelte sie, über den Herd gebeugt: «Hier wird es noch schlimmer sein. Die Toten im Hinterhof werden uns mehr als alles andere an euch erinnern.»

Der Bürgermeister versuchte, Mittagsschlaf zu halten, bevor die Barkassen eintrafen. Doch die Hitze war unerträglich. Die Schwellung der Wange ging allmählich zurück. Er fühlte sich dennoch nicht wohl. Zwei Stunden lang horchte er auf das unmerkliche Strömen des Flusses und lauschte dem Zirpen einer Grille im Zimmer. Er dachte an nichts.

Als er das Motorengeräusch der Barkassen hörte, zog er sich aus, trocknete sich mit einem Handtuch den Schweiß und wechselte die Uniform. Dann suchte er die Grille, ergriff sie mit Daumen und Zeigefinger und ging auf die Straße. Aus der Menge, die auf die Barkassen wartete, löste sich ein sauberer, gutgekleideter Junge und versperrte ihm mit einem Maschinengewehr aus Plast den Weg. Der Bürgermeister schenkte ihm die Grille.

Einen Augenblick später verfolgte er vom Laden des Syrers Moisés aus das Anlegemanöver der Barkassen. Das Wasser im Hafen war minutenlang in Aufruhr. Der Bürgermeister verspürte einen Druck im Magen und einen dumpfen Kopfschmerz; er dachte an den bösen Wunsch, den die Frau ausgesprochen hatte. Aber während er die Reisenden beobachtete, die den hölzernen Steg überquerten und nach der achtstündigen Bewegungslosigkeit die Glieder reckten, beruhigte er sich.

«Immer dasselbe», sagte er.

Der Syrer Moisés machte ihn auf eine Neuigkeit aufmerksam: ein Zirkus kam. Der Bürgermeister wußte es, ohne daß er hätte sagen können, wieso. Vielleicht weil auf dem Dach der Barkasse ein Haufen Stäbe und bunter Lappen lag oder weil da zwei Frauen waren, die, in die gleichen geblümten Kleider gehüllt, ein und dieselbe Person in doppelter Ausführung schienen.

«So kommt wenigstens mal ein Zirkus», murmelte er.

Der Syrer Moisés sprach von Raubtieren und Jongleuren. Aber der Bürgermeister dachte aus einem anderen Grund an den Zirkus. Er hatte die Beine ausgestreckt und betrachtete seine Stiefelspitzen. «Unser Ort macht Fortschritte», sagte er.

Der Syrer Moisés ließ den Fächer sinken. «Weißt du, wieviel ich heute eingenommen habe?» fragte er.

Der Bürgermeister wagte keine Schätzung, sondern wartete die Antwort ab. «Fünfundzwanzig Centavos», sagte der Syrer.

In diesem Augenblick sah der Bürgermeister, wie der Telegrafist den Postsack öffnete, um Doktor Giraldo die Briefe auszuhändigen. Er rief ihn an. Die behördliche Post kam in einem besonderen Umschlag. Er brach die Siegel und stellte fest, daß es die gewohnten Mitteilungen und die Propagandaschriften des Regimes waren.

Als er alles gelesen hatte, hatte sich die Hafenmauer verwandelt: Warenballen, Körbe mit Hühnern und die geheimnisvollen Gerätschaften des Zirkus. Langsam wurde es Nachmittag. Der Bürgermeister richtete sich seufzend auf. «Fünfundzwanzig Centavos.»

«Fünfundzwanzig Centavos», wiederholte der Syrer mit fester Stimme und ohne Akzent.

Doktor Giraldo schaute dem Entladen der Barkassen bis zum Ende zu. Er war es auch, der den Bürgermeister auf eine kräftige Frau von hoheitsvoller Erscheinung, mit zahlreichen Reifen an den Armen, aufmerksam machte. Unter ihrem bunten Sonnenschirm schien sie den Jüngsten Tag zu erwarten. Der Bürgermeister dachte nicht lange über den Neuankömmling nach. «Das wird die Dompteuse sein.»

«In gewisser Weise haben Sie recht.» Doktor Giraldo zerbiß jedes Wort mit seiner Doppelreihe scharfgemeißelter Zähne. «Es ist César Monteros Schwiegermutter.»

Der Bürgermeister ging weiter. Er blickte auf die Uhr: fünf nach halb vier. Am Eingang zur Polizeistation meldete ihm der Posten, Pater Angel habe eine halbe Stunde lang auf ihn gewartet und wollte um vier wiederkommen.

Von neuem stand er auf der Straße und wußte nicht, was er anfangen sollte. Da sah er den Zahnarzt am Fenster seines Sprechzimmers und trat zu ihm heran, um sich Feuer geben zu lassen. Doktor Escobar hielt ihm die Flamme hin und betrachtete dabei die noch immer geschwollene Wange.

«Es geht mir wieder gut», sagte der Bürgermeister.

Der Zahnarzt stellte fest: «Es sind mehrere Zähne zu plombieren.»

Der Bürgermeister rückte den Revolver im Gürtel zurecht. «Ich komme zu Ihnen», entschied er.

Doktor Escobar verzog keine Miene. «Kommen Sie, wann Sie wollen; vielleicht geht mein Wunsch doch noch in Erfüllung, und Sie sterben in meinem Haus.»

Der Bürgermeister klopfte ihm auf die Schulter. «Der geht nicht in Erfüllung», sagte er heiter und breitete die Arme aus. «Meine Zähne stehen über den Parteien», fügte er hinzu.

«Also heiratest du nicht?»

Richter Arcadios Frau setzte sich breitbeinig hin. «Keine Aussicht, Pater», erwiderte sie. «Und jetzt, wo ich ihm einen Jungen schenken werde, noch weniger.»

Pater Angel wandte den Blick zum Fluß. Eine ungeheuer aufgetriebene Kuh, auf der mehrere Aasgeier hockten, kam mit der Strömung herabgetrieben. «Aber es ist ein uneheliches Kind», gab er zu bedenken.

«Das stört ihn nicht», sagte sie. «Jetzt behandelt mich Arcadio gut. Wenn ich ihn zum Heiraten zwinge, fühlt er sich später gebunden und läßt mich dafür zahlen.»

Sie hatte die Holzschuhe abgestreift, und während sie sprach, saß sie, die Knie gespreizt, da und hatte die Zehen um das Querholz des Hokkers geklammert. Der Fächer lag auf ihrem Schoß, die Arme hielt sie über dem gewölbten Leib verschränkt. «Keine Aussicht, Pater», wiederholte sie, denn Pater Angel schwieg beharrlich. «Don Sabas hat mich für zweihundert Pesos gekauft, hat drei Monate lang das Beste aus mir herausgeholt und mich dann ohne einen Pfennig auf die Straße gesetzt. Hätte mich Arcadio nicht aufgenommen, wäre ich verhungert.» Zum erstenmal blickte sie den Pater an. «Oder ich hätte auf den Strich gehen müssen.»

Pater Angel drängte schon seit einem halben Jahr. «Du mußt ihn zwingen, dich zu heiraten und eine Familie zu gründen», sagte er. «Bei deinem jetzigen Leben bist du nicht nur in einer unsicheren Lage, sondern gibst dem Ort ein schlechtes Beispiel.»

«Es ist besser, man spielt mit offenen Karten», entgegnete sie. «Andere tun dasselbe, aber im verborgenen. Haben Sie diese Zettel nicht gelesen?»

«Das sind Verleumdungen», sagte der Pater. «Du mußt deine gesellschaftliche Stellung in Ordnung bringen und dich vor übler Nachrede schützen.»

«Ich?» fragte sie. «Ich brauche mich vor nichts zu schützen, denn ich tue alles am hellichten Tage. Der beste Beweis dafür ist, daß niemand seine Zeit damit verschwendet, an meinem Haus einen Zettel mit irgendeiner Gemeinheit anzubringen. Dagegen hat man die Häuser aller achtbaren Leute am Platz mit Papier beklebt.»

«Du bist unwissend», sagte der Pater. «Aber Gott hat dir das Glück zuteil werden lassen, einen Mann zu bekommen, der dich verehrt. Aus diesem Grunde mußt du heiraten und deinem Familienstand die gesetzliche Form geben.»

«Ich verstehe nichts von diesen Dingen», wandte sie ein. «Jedenfalls, so wie es jetzt steht, weiß ich, wo ich schlafen kann, und genug zu essen habe ich auch.»

«Und wenn er dich verläßt?»

Sie biß sich auf die Lippen. Ihre Antwort war von einem rätselhaften Lächeln begleitet. «Er verläßt mich nicht, Pater. Ich weiß, warum ich das sage.»

Auch diesmal gab Pater Angel sich nicht geschlagen. Er riet ihr, wenigstens zur Messe zu gehen. Sie antwortete, sie wolle es «dieser Tage einmal» tun; und der Pater, der noch bis zu der Stunde, da er sich mit dem Bürgermeister verabredet hatte, warten mußte, setzte seinen Spaziergang fort. Einer der Syrer machte ihn auf das gute Wetter aufmerksam, aber er hörte nicht hin. Ihn fesselten die Einzelheiten des Zirkus, der im strahlenden Licht des Nachmittags seine verängstigten Raubtiere auslud. Er blieb bis vier Uhr dort.

Der Bürgermeister verabschiedete sich gerade vom Zahnarzt, als er Pater Angel kommen sah. «Wir sind pünktlich», sagte er und drückte ihm die Hand. «Pünktlich, obwohl es nicht regnet.»

Der Pater, der sich eben anschickte, die steile Treppe der Polizeistation zu erklimmen, erwiderte: «. . . und obwohl die Welt fortbesteht.»

Zwei Minuten später wurde er in César Monteros Zimmer geführt.

Solange die Beichte währte, saß der Bürgermeister im Gang. Er erinnerte sich an den Zirkus, an eine Frau, die in fünf Meter Höhe mit den Zähnen an einem Zapfen hing, und an einen Mann mit blauer, goldbestickter Uniform, der einen Trommelwirbel schlug. Nach einer halben Stunde verließ Pater Angel das Zimmer César Monteros.

«Fertig?» fragte der Bürgermeister.

Pater Angel blickte ihn grimmig an. «Ihr begeht ein Verbrechen», sagte er. «Dieser Mann hat seit mehr als fünf Tagen nichts gegessen. Nur dank seiner guten Konstitution ist er noch am Leben.»

«Er will es ja so haben», entgegnete der Bürgermeister gelassen.

«Das ist nicht wahr», gab Pater Angel ruhig, aber bestimmt zurück. «Sie selbst haben angeordnet, daß man ihm nichts zu essen geben soll.»

Der Bürgermeister drohte ihm mit dem Zeigefinger. «Vorsicht, Pater, Sie verletzen das Beichtgeheimnis.»

«Das gehört nicht zur Beichte.»

Der Bürgermeister sprang auf. «Nehmen Sie es doch nicht so ernst», sagte er und lachte plötzlich. «Wenn Sie das so sehr bekümmert, wollen wir es sogleich ändern.»

Er ließ einen Polizisten kommen und befahl, aus dem Hotel Essen für César Montero zu holen. «Sie sollen ein ganzes Huhn schicken, recht fett, mit einem Teller Kartoffeln und einer Schüssel Salat», sagte er und fügte, an den Pater gewandt, hinzu: «Alles auf Kosten der Gemeinde, Pater. Damit Sie sehen, wie sehr sich die Dinge geändert haben.»

Pater Angel senkte den Kopf. «Wann bringen Sie ihn fort?»

«Die Barkassen laufen morgen aus», sagte der Bürgermeister. «Wenn er heute abend Vernunft annimmt, geht er gleich morgen ab. Er muß nur einsehen, daß ich ihm eine Gefälligkeit erweisen will.»

«Eine etwas teure Gefälligkeit», meinte der Pater.

«Eine Gefälligkeit ist für einen Reichen nicht umsonst zu haben», erklärte der Bürgermeister. Er blickte in Pater Angels offene blaue Augen und fügte hinzu: «Ich hoffe, daß Sie ihm das alles begreiflich gemacht haben.»

Pater Angel antwortete nicht. Er stieg die Treppe hinab und verabschiedete sich vom Absatz aus mit einem heiseren Knurren. Der Bürgermeister überquerte daraufhin den Gang und trat, ohne anzuklopfen, in César Monteros Zimmer ein.

Es war ein einfach ausgestatteter Raum: ein Waschgestell und ein eisernes Bett. César Montero, unrasiert und in derselben Kleidung, in der er am Dienstag der vergangenen Woche sein Haus verlassen hatte, lag ausgestreckt auf dem Bett. Er bewegte nicht einmal die Augen, als er den Bürgermeister hörte.

«Jetzt, wo du deine Rechnung mit Gott beglichen hast, ist es nur recht und billig, wenn du auch mit mir ins reine kommst.» Er schob einen Stuhl ans Bett heran und setzte sich rittlings darauf, die Brust an der geflochtenen Rückenlehne.

César Montero blickte aufmerksam zu den Dachbalken. Er wirkte unbekümmert, obwohl seine Mundwinkel die Spuren eines langen und qualvollen Selbstgespräches trugen.

«Wir beide brauchen nicht darum herumzureden», hörte er den Bürgermeister sagen. «Morgen gehst du ab. Wenn du Glück hast, kommt in zwei oder drei Monaten ein Inspekteur, den wir informieren müssen. Mit der nächsten Barkasse fährt er zurück, überzeugt, daß du bloß eine Dummheit gemacht hast.»

Eine Pause trat ein, aber César Montero blieb ungerührt.

«Dann knöpfen dir die Gerichte und die Rechtsanwälte zusammen mindestens zwanzigtausend Pesos ab. Oder auch mehr, wenn der Inspekteur ihnen verrät, daß du Millionär bist.»

César Montero wandte ihm den Kopf zu. Es war eine fast unmerkliche Bewegung, die dennoch die Sprungfedern des Bettes zum Ächzen brachte.

«Alles in allem», fuhr der Bürgermeister mit salbungsvoller Stimme fort, «mit all dem Hin und Her und dem ganzen Papierkrieg, halten sie dich zwei Jahre lang fest, wenn du Glück hast.»

Er fühlte, wie er von den Stiefelspitzen an gemustert wurde. Als César Monteros Augen die seinen trafen, hatte er seine Rede noch nicht beendet. Doch seine Stimme war verändert.

«Alles, was du hast, verdankst du mir», sagte er. «Wir hatten Befehl, dich zu beseitigen. Wir hatten Anweisung, dich in einen Hinterhalt zu locken und dich umzulegen und dann dein Vieh zu beschlagnahmen, um der Regierung Mittel zur Deckung der ungeheuren Kosten zu beschaffen, die die Wahlen im Bezirk verursacht haben. Du weißt, daß die Bürgermeister anderer Gemeinden es so gemacht haben. Hier dagegen befolgten wir den Befehl nicht.»

In diesem Augenblick bemerkte er die ersten Anzeichen, daß César Montero nachdachte. Er streckte die Beine aus. Die Arme auf die Rükkenlehne des Stuhles gestützt, wies er eine Beschuldigung zurück, die sein Gesprächspartner gar nicht ausgesprochen hatte.

«Kein Centavo von dem Geld, das du für dein Leben bezahlt hast, war für mich», sagte er. «Es ist alles für das Organisieren der Wahlen draufgegangen. Jetzt hat die neue Regierung beschlossen, allen Frieden und Sicherheit zu gewährleisten, und ich sitze immer noch da mit meinem Hungerlohn, während du im Geld schwimmst. Du hast ein gutes Geschäft gemacht.»

César Montero richtete sich mühsam auf. Als er stand, sah der Bürgermeister, wie winzig und jämmerlich er selber neben dieser riesigen Bestie wirkte. In dem Blick, mit dem er ihm zum Fenster folgte, brannte ein beschwörendes Feuer. «Das beste Geschäft deines Lebens», murmelte er.

Das Fenster ging auf den Fluß. César Montero nahm ihn nicht wahr. Er sah sich in einem anderen Ort, wo zufällig auch ein Fluß vorbeiströmte. «Ich versuche doch, dir zu helfen», hörte er hinter seinem Rükken sagen. «Wir alle wissen, daß es ein Ehrenhandel war, aber es wird dir schwerfallen, das zu beweisen. Es war eine Dummheit von dir, den Zettel zu zerreißen.»

In diesem Augenblick erfüllte ekelerregender Gestank den Raum.

«Die Kuh», sagte der Bürgermeister. «Sie muß irgendwo hängengeblieben sein.»

César Montero blieb am Fenster stehen, gleichgültig gegenüber dem Geruch der Verwesung. Die Straße war menschenleer. An der Hafenmauer lagen drei Barkassen vor Anker, deren Mannschaften sich für die Nacht vorbereiteten und die Hängematten anbrachten. Morgen früh um sieben würde alles ganz anders aussehen: Man würde auf den Abtransport des Gefangenen warten, und der ganze Hafen wäre eine halbe Stunde lang in wilder Erregung. César Montero seufzte. Er steckte die Hände in die Taschen und faßte entschlossen, aber ohne Eile seine Gedanken in einem Wort zusammen: «Wieviel?»

Die Antwort kam sofort: «Fünftausend Pesos in einjährigen Kälbern.»

«Und fünf Kälber dazu», sagte César Montero, «wenn Sie mich noch heute nacht, nach der Kinovorstellung, in einer Sonderbarkasse fortbringen lassen.»

Die Barkasse tutete, wendete in der Flussmitte, und die an der Hafenmauer versammelte Menschenmenge und die Frauen in den Fenstern sahen Rosario Montero zum letztenmal. Sie saß neben ihrer Mutter auf derselben Blechkiste, mit der sie vor sieben Jahren in diesem Ort an Land gegangen war. Doktor Octavio Giraldo, der gerade das Fenster seines Sprechzimmers als Rasierspiegel benutzte, hatte den Eindruck, daß diese Reise in gewisser Weise eine Rückkehr in die Wirklichkeit darstellte.

Doktor Giraldo hatte Rosario am Nachmittag ihrer Ankunft gesehen, als sie sich in der schmuddeligen Tracht der Studentinnen vom Lehrerinnenseminar und in Männerschuhen am Hafen erkundigte, wer ihr gegen nur geringes Entgelt die Kiste zur Schule tragen könne. Sie hatte sich offenbar damit abgefunden, ohne jeglichen Ehrgeiz bis an ihr Lebensende in diesem Ort zu bleiben. Dabei war ihr dessen Name, wie sie selbst erzählte, zum ersten Male auf dem Zettel begegnet, den sie aus einem Hut gezogen hatte, als die sechs freien Stellen unter elf Bewerbern verlost wurden. In einem Kämmerchen im Schulhaus, mit einem eisernen Bett und einem Waschständer ausgestattet, richtete sie sich ein und stickte in ihrer Freizeit Decken, während auf dem Petroleumkocher der Maisbrei dampfte. Im gleichen Jahr lernte sie zu Weihnachten bei einem Schulfest César Montero kennen. Er war ein Einzelgänger von wilder Ursprünglichkeit und unbekannter Herkunft; er war durch Holzschlag reich geworden. Er lebte mit seinen riesigen Hunden im Urwald und erschien nur gelegentlich im Dorf, stets unrasiert, mit eisenbeschlagenen Stiefeln und einer doppelläufigen Flinte. Es war, als hätte sie noch einmal das Glückslos aus dem Hut gezogen, dachte Doktor Giraldo. Er hatte gerade seinen Bart eingeseift, als ein ekelhafter Gestank ihn aus seinen Erinnerungen riß.

Am anderen Ufer flog, durch den Wellenschlag der Barkasse aufgeschreckt, ein Schwarm Aasgeier auf. Der Fäulnisgestank hing einen Augenblick über der Hafenmauer, wiegte sich in der Morgenbrise und drang bis in die Tiefe der Häuser.

«Immer noch, verflucht!» rief der Bürgermeister auf dem Balkon seines Schlafzimmers, als er die Aasgeier auffliegen sah. «Verdammte Kuh!»

Er hielt sich das Taschentuch vor die Nase, trat ins Schlafzimmer zurück und schloß die Balkontür. Der Gestank blieb im Raum. Ohne die Mütze abzunehmen, hängte der Bürgermeister den Spiegel an einen Nagel und unternahm einen behutsamen Versuch, die noch immer etwas geschwollene Wange zu rasieren. Kurz darauf klopfte der Zirkusdirektor an die Tür.

Der Bürgermeister hieß ihn Platz nehmen und beobachtete ihn im Spiegel, während er sich rasierte. Er trug ein schwarzkariertes Hemd und Reithosen mit Gamaschen und hatte eine Reitpeitsche bei sich, mit der er die ganze Zeit leicht an sein Knie schlug.

«Es liegt schon die erste Beschwerde gegen euch vor», sagte der Bürgermeister, während er mit dem Rasiermesser die letzten Spuren zweier qualvoller Wochen beseitigte. «Gleich heute abend.»

«Und weshalb?»

«Weil ihr die Jungen losschickt, Katzen zu stehlen.»

«Das ist nicht wahr», sagte der Direktor. «Wir bezahlen jede Katze, die man uns bringt, nach Gewicht und fragen nicht lange, wo sie herkommt, denn wir müssen die Raubtiere füttern.»

«Wirft man sie ihnen lebendig vor?»

«O nein», protestierte der Direktor. «Das würden ja in den Raubtieren den Trieb zur Grausamkeit wecken.»

Als der Bürgermeister sich das Gesicht abgespült hatte, wandte er sich dem Direktor zu und trocknete sich dabei mit dem Handtuch ab. Erst jetzt fiel ihm auf, daß dieser an fast allen Fingern Ringe mit bunten Steinen trug.

«Dann werden Sie sich eben etwas anderes ausdenken müssen», sagte er. «Fangen Sie Kaimane, wenn Sie wollen, oder verfüttern Sie die Fische, die bei diesem Wetter verderben. Aber lebendige Katzen, das kommt nicht in Frage.»

Der Direktor zuckte die Achseln und folgte dem Bürgermeister auf die Straße. Zahlreiche Männer standen in Gruppen an der Anlegestelle und unterhielten sich, ohne sich von dem Gestank der Kuh stören zu lassen, die im Gestrüpp des anderen Ufers hängengeblieben war.

«Schlappschwänze!» rief der Bürgermeister. «Statt wie die Weiber zu tratschen, hättet ihr schon gestern abend einen Trupp organisieren sollen, um die Kuh dort loszumachen.»

Ein paar Männer umringten ihn.

«Fünfzig Pesos für den», bot der Bürgermeister aus, «der mir binnen einer Stunde die Hörner dieser Kuh ins Büro bringt.»

Vom Ende des Quais her drang ein Gewirr von Stimmen. Einige Männer hatten das Angebot des Bürgermeisters gehört, spangen in die Kähne und forderten einander heraus, während sie die Taue lösten.

Begeistert verdoppelte der Bürgermeister die Summe. «Hundert Pesos! Fünfzig für jedes Horn.»

Er führte den Direktor bis ans Ende der Hafenmauer. Sie warteten, bis die ersten Boote den Sandstreifen des anderen Ufers erreicht hatten. Dann wandte sich der Bürgermeister lächelnd an den Direktor. «Es ist ein glücklicher Ort», sagte er.

Der Direktor nickte.

«Das einzige, was uns fehlt, sind Sachen wie diese hier», fuhr der Bürgermeister fort. «Die Leute kommen auf dumme Gedanken, weil sie nichts zu tun haben.»

Nach und nach hatte sich eine Schar Kinder um sie gesammelt.

«Dort ist der Zirkus», sagte der Direktor.

Der Bürgermeister zog ihn am Arm zum Platz. «Was macht ihr eigentlich?»

«Alles», antwortete der Direktor. «Wir haben ein sehr vielseitiges Programm, für Kinder und Erwachsene.»

«Das genügt nicht», sagte der Bürgermeister. «Es ist auch notwendig, das allen zugänglich zu machen.»

«Auch das haben wir berücksichtigt», sagte der Direktor.

Sie gingen zusammen zu einem brachliegenden Grundstück hinter dem Kino, wo man begonnen hatte, das Zirkuszelt aufzubauen. Männer und Frauen mit düsteren Mienen holten allerlei bunten Kram aus den riesigen messingbeschlagenen Truhen heraus. Dem Bürgermeister, der dem Direktor durch das dichte Gewirr von Menschen und Gerümpel folgte und allen die Hand gab, kam es vor, als erlebte er einen Schiffbruch mit. Eine robuste Frau, mit energischen Bewegungen und schlechten Zähnen, behielt nach der Begrüßung seine Hand in der ihren und betrachtete prüfend die Handfläche.

«Deine Zukunft birgt etwas Seltsames», sagte sie.

Der Bürgermeister zog die Hand zurück. «Das wird wohl ein Kind sein», sagte er lächelnd, konnte jedoch eine flüchtige Niedergeschlagenheit nicht unterdrücken.

Der Direktor klopfte der Frau leicht mit der Reitpeitsche auf den Arm. «Laß den Leutnant in Frieden», warnte er sie, ohne stehenzubleiben, und schob den Bürgermeister zum anderen Ende des Zirkusplatzes, wo die Raubtiere untergebracht waren.

«Glauben Sie an so etwas?» fragte er.

«Kommt darauf an», erwiderte der Bürgermeister.

«Mich haben sie nicht überzeugen können», sagte der Direktor. «Wenn man sich mit diesen Dingen beschäftigt, glaubt man schließlich nur noch an den menschlichen Willen.»

Der Bürgermeister betrachtete die von der Hitze schläfrig gewordenen Tiere. Die Käfige strömten einen herben, warmen Dunst aus, und das langsame Atmen der Tiere schien eine Art hoffnungslosen Kummer auszudrücken. Der Direktor streichelte mit seiner Reitpeitsche die Nase eines Leoparden, die sich zu einer kläglichen Grimasse verzog.

«Und der Name?» fragte der Bürgermeister.

«Aristoteles.»

«Ich meine die Frau», erklärte der Bürgermeister.

«Ach so. Wir nennen sie Casandra, den Spiegel der Zukunft.»

Der Bürgermeister sah bedrückt drein. «Ich würde ganz gerne mit ihr schlafen.»

«Alles ist möglich», sagte der Direktor.

Die Witwe de Montiel zog in ihrem Schlafzimmer die Gardinen auf und murmelte: «Die armen Menschen.» Sie räumte den Nachttisch auf, legte Rosenkranz und Gebetbuch in die Schublade und putzte die Sohlen ihrer malvenfarbenen Hausschuhe an dem Tigerfell vor ihrem Bett ab. Dann ging sie durch das ganze Zimmer und schloß den Toilettentisch, die drei Türen der Vitrine und einen Schrank ab, auf dem ein heiliger Raphael aus Gips stand. Zuletzt schloß sie auch das Zimmer ab.

Während sie die breite Treppe hinabschritt, deren Fliesen ein Labyrinthmuster aufwiesen, dachte sie über Rosario Monteros seltsames Schicksal nach. Die Witwe de Montiel hatte sie durch das Gitter ihres Balkons beobachtet, wie sie, mit der beflissenen Sittsamkeit eines Schülers, dem man eingeschärft hat, ja nicht den Kopf zu wenden, am Hafen verschwand. Dabei hatte die Witwe eine Ahnung beschlichen, etwas, das schon seit geraumer Zeit seinem Ende zustrebte, habe nun seine Erfüllung gefunden.

Auf dem Teppenabsatz schlug ihr der warme Brodem ihres Hofes entgegen, der einem Bauernmarkt glich. An der einen Seite des Geländers lagen auf einem Regal in frische Blätter gewickelte Käse; ein Stück weiter türmten sich in einem Außengang Salzsäcke und Honigschläuche, und im hinteren Teil des Hofes, wo das Sattelzeug von den Querbalken herabhing, befand sich ein Stall mit Maultieren und Pferden. Das ganze Haus erfüllte ein starker Geruch nach Lasttieren, mit dem sich Gerüche wie in einer Gerberei und einer Zuckermühle mischten.

Im Büro begrüßte die Witwe Señor Carmichael, der auf dem Schreibtisch Geldscheine bündelte und mit den Beträgen im Kontobuch verglich. Als sie das Fenster zum Fluß öffnete, strömte das Licht der neunten Morgenstunde in den mit billigem Zierat überladenen Raum; hier standen große Sessel mit grauen Schutzhüllen und die Vergrößerung einer Fotografie José Montiels, mit Trauerflor am Rahmen. Die Witwe spürte den Verwesungsgestank, noch bevor sie die Boote auf dem anderen Ufer erkannt hatte.

«Was ist am anderen Ufer los?» fragte sie.

«Sie machen eine tote Kuh los», erwiderte Señor Carmichael.

«Also das war es», sagte die Witwe. «Die ganze Nacht habe ich von diesem Gestank geträumt.» Sie blickte den in seine Arbeit vertieften Señor Carmichael an und fügte hinzu: «Jetzt fehlt uns nur noch die Sintflut.»

Señor Carmichael sprach, ohne den Kopf zu heben. «Vor zwei Wochen hat es angefangen.»

«Richtig», stimmte ihm die Witwe zu. «Jetzt ist das Ende da. Wir brauchen uns nur noch Tag und Nacht in ein Grab zu legen und auf den Tod zu warten.»

Señor Carmichael hörte ihr zu, ohne seine Rechnung zu unterbrechen.

«Jahrelang haben wir uns beklagt, daß in diesem Ort nie etwas los ist», fuhr die Witwe fort. «Plötzlich brach das Unglück herein, als hätte Gott es gewollt, daß alle Dinge, die in so vielen Jahren nicht geschehen waren, nun auf einmal geschehen sollten.»

Señor Carmichael blickte von seiner Kasse auf und wandte sich zu der Witwe um; er sah, wie sie, die Ellbogen auf das Fensterbrett gestützt, zum anderen Ufer hinüberstarrte. Sie trug ein schwarzes Kleid, mit Ärmeln bis zu den Handgelenken, und kaute an ihren Fingernägeln.

«Wenn die Regenzeit vorbei ist, wird alles besser», sagte Señor Carmichael.

«Die geht nicht vorbei», prophezeite die Witwe. «Ein Unglück kommt niemals allein. Haben Sie Rosario Montero nicht gesehen?»

Señor Carmichael hatte sie gesehen. «Das alles hat sich ohne Grund zu einem Skandal ausgewachsen. Wenn man diese gemeinen Zettel beachtet, wird man am Ende noch verrückt.»

«Diese Schmierereien», seufzte die Witwe.

«Mir haben sie auch schon einen angehängt», bemerkte Señor Carmichael.

Sie trat erstaunt an den Schreibtisch. «Ihnen?»

«Ja, mir», bestätigte Señor Carmichael. «Letzten Sonnabend haben sie mir einen angeklebt, recht groß und recht ausführlich. Er sah wie ein Kinoplakat aus.»

Die Witwe schob sich einen Sessel an den Schreibtisch. «Das ist eine Gemeinheit!» rief sie. «Einer musterhaften Familie wie der Ihren gibt es gar nichts nachzusagen.»

Señor Carmichael ließ sich nicht aus der Ruhe bringen. «Weil meine Frau weiß ist, sind unsere Kinder in allen Farben ausgefallen», erklärte er. «Es sind ja immerhin elf.»

«Freilich», sagte die Witwe.

«Nun, auf diesem Zettel stand, ich sei nur von den schwarzen Kindern der Vater. Und sie führten eine Liste der anderen Väter an. Sogar den seligen Don Chepe Montiel haben sie hineingezogen.»

«Meinen Mann!»

«Ihren und noch die von vier anderen Damen», betonte Señor Carmichael.

Die Witwe brach in Schluchzen aus. «Glücklicherweise sind meine Kinder weit weg. Sie sagen, sie wollen nicht in dieses wilde Land zurückkehren, wo Studenten auf offener Straße ermordet werden, und ich antwortete ihnen, daß sie recht haben, daß sie für immer in Paris bleiben sollen.»

Señor Carmichael drehte seinen Stuhl zu ihr um, denn er sah, daß nun die tägliche peinliche Szene wieder einmal begonnen hatte. «Sie haben keinen Grund zur Sorge», sagte er.

«Im Gegenteil», schluchzte die Witwe. «Ich hätte als erste meine Siebensachen packen und aus diesem Ort verschwinden sollen, wenn auch der Grund und Boden und die täglichen Geschäfte verlorengegangen wären, die so viel Schuld an dem ganzen Unglück tragen. Nein, Señor Carmichael, ich mag keine goldenen Schalen, um Blut hineinzuspucken.»

Señor Carmichael versuchte sie zu trösten. «Sie müssen die Verantwortung auf sich nehmen», sagte er. «Man darf ein Vermögen nicht einfach zum Fenster hinauswerfen.»

«Geld ist der Kot des Teufels», stieß die Witwe hervor.

«Aber in diesem Fall ist es auch die Frucht der harten Arbeit Don Chepe Montiels.»

Die Witwe biß sich auf die Finger. «Sie wissen, daß das nicht stimmt», entgegnete sie. «Das Geld ist auf unsaubere Weise erworben worden, und der erste, der dafür zahlen mußte, war José Montiel; er starb ohne Beichte.»

Sie sagte das nicht zum erstenmal.

«Die Schuld liegt natürlich bei diesem Verbrecher», rief sie aus und wies auf den Bürgermeister, der Arm in Arm mit dem Zirkusdirektor auf dem anderen Bürgersteig vorüberging. «Aber ich bin es, die dafür büßen muß.»

Señor Carmichael ließ sie stehen. Er legte die mit Gummiringen zusammengehaltenen, gebündelten Geldscheine in eine Pappschachtel und rief von der Hoftür aus die Tagelöhner in alphabetischer Reihenfolge auf.

Die Witwe Montiel hörte, wie die Männer, die ihren Lohn für den Mittwoch empfingen, an ihr vorübergingen, erwiderte jedoch deren Gruß nicht. Sie bewohnte ganz allein die neun Zimmer des düsteren Hauses, in dem die Großmutter gestorben war und das José Montiel gekauft hatte, ohne zu ahnen, daß seine Witwe verurteilt sein würde, darin in Einsamkeit ihres Todes zu harren. Wenn sie nachts mit der Insektenspritze durch die verlassenen Räume wanderte, begegnete sie manchmal der Großmutter, die in den Gängen Läuse knackte, und fragte sie: «Wann werde ich sterben?»

Kurz nach elf sah die Witwe durch ihren Tränenschleier, daß Pater Angel den Platz überquerte. «Pater, Pater!» rief sie und hatte das Gefühl, daß sie mit diesem Ruf einen entscheidenden Schritt tat. Doch Pater Angel hörte sie nicht. Er hatte drüben bei der Witwe de Asís angeklopft, und die Tür hatte sich verstohlen geöffnet, so daß er sich gerade durchzwängen konnte.

Im Gang, der vom Gesang der Vögel erfüllt war, lag die Witwe de Asís auf einem Liegestuhl und hatte ein mit Floridawasser getränktes Tuch auf dem Gesicht. Am Klopfen erkannte sie schon Pater Angel; doch sie gab sich weiter dem Genuß der kurzen Erfrischung hin. Da vernahm sie seinen Gruß. Erst jetzt konnte man ihr von Schlaflosigkeit gezeichnetes Gesicht sehen.

«Verzeihen Sie, Pater», sagte sie. «Ich hatte Sie nicht so zeitig erwartet.»

Pater Angel wußte nicht, daß man ihn zum Mittagessen hatte einladen wollen. Er entschuldigte sich etwas verwirrt und sagte, auch er habe den Vormittag mit Kopfschmerzen zugebracht und habe den Platz lieber noch vor der größten Hitze überqueren wollen.

«Das macht nichts», sagte die Witwe. «Ich wollte damit nur sagen, daß ich mich sehr elend fühle.»

Der Pater zog ein zerfleddertes Brevier aus der Tasche. «Wenn es Ihnen recht ist, können Sie noch eine Weile ruhen, während ich bete», schlug er vor.

Die Witwe protestierte. «Ich fühle mich besser», sagte sie. Sie schritt mit geschlossenen Augen bis zum Ende des Ganges, und als sie zurückkam, breitete sie das Taschentuch mit pedantischer Sorgfalt auf der Armlehne des Liegestuhls aus. Als sie sich dann zu Pater Angel setzte, wirkte sie um Jahre jünger.

«Pater», sagte sie ohne jede Theatralik, «ich brauche Ihre Hilfe.»

Pater Angel steckte das Brevier in die Tasche. «Ich stehe Ihnen zur Verfügung.»

«Es handelte sich wieder um Roberto Asís.»

Roberto Asís, der sich am vorhergehenden Tage bis zum Sonnabend verabschiedet hatte, war, entgegen seinem Versprechen, den Zettel mit den Anzüglichkeiten zu vergessen, noch am selben Abend unvermutet nach Hause zurückgekehrt und hatte bis zum Morgengrauen, als ihn die Müdigkeit überwältigte, im dunklen Zimmer gesessen, um dem angeblichen Liebhaber seiner Frau aufzulauern.

Pater Angel horchte überrascht auf. «Sein Argwohn ist doch ganz unbegründet», sagte er.

«Sie kennen die Asís nicht, Pater», erwiderte die Witwe. «Sie tragen die Hölle in ihrer eigenen Phantasie.»

«Rebeca kennt meine Meinung über diese Zettel», bemerkte er. «Doch wenn Sie es wünschen, spreche ich auch mit Roberto Asís.»

«Auf keinen Fall», wehrte die Witwe ab. «Das hieße Öl ins Feuer gießen. Aber wenn Sie in der Sonntagspredigt die Zettel erwähnen wollten; das würde Roberto Asís zur Vernunft bringen, davon bin ich überzeugt.»

Pater Angel breitete die Arme aus. «Unmöglich!» rief er. «Das würde den Dingen eine Wichtigkeit beimessen, die sie nicht besitzen.»

«Nichts ist wichtiger, als ein Verbrechen zu verhüten.»

«Glauben Sie, daß es so weit kommt?»

«Ich glaube es nicht nur», erklärte die Witwe, «sondern ich weiß, daß meine Kraft nicht ausreichen wird, es zu verhindern.»

Gleich darauf setzten sie sich zu Tisch. Ein barfüßiges Dienstmädchen trug Reis mit Bohnen und gedünstetes Gemüse auf, dazu eine Schüssel mit Fleischklößchen in einer dicken braunen Soße. Pater Angel bediente sich schweigend. Der scharfe Pfeffer, die tiefe Stille des Hauses und die Verwirrung, die er gerade in diesem Augenblick in seinem Herzen empfand, versetzten ihn an einen glühenden Mittag zurück, in sein kahles Kämmerchen in Macondo, wo er eben sein erstes Amt angetreten hatte. An einem staubigen und heißen Tage wie diesem hatte er einem Selbstmörder, den die hartherzigen Einwohner Macondos nicht beerdigen wollten, das christliche Begräbnis verweigert.

Er knöpfte den Kragen der Soutane auf, um den Schweiß rinnen zu lassen. «Nun gut», wandte er sich an die Witwe. «Sorgen Sie also dafür, daß Roberto Asís am Sonntag bei der Messe nicht fehlt.»

Die Witwe de Asís versprach es.

Doktor Giraldo und seine Frau, die niemals Mittagsschlaf hielten, verbrachten den Nachmittag auf einer Terrasse im Innenhof, bei der Lektüre einer Erzählung von Dickens. Doktor Giraldo lag, die Hände im Nacken, in der Hängematte und hörte zu; seine Frau hielt das Buch im Schoß und las vor, den Rücken den Lichtrhomben zugewandt, in denen die Geranien glühten. Sie las ohne innere Anteilnahme, mit schülerhafter Betonung und ohne ihre Haltung auf dem Stuhl zu verändern. Bis zum Schluß hob sie nicht ein einzigesmal den Kopf; auch als sie die Lektüre beendet hatte, ließ sie das Buch aufgeschlagen auf den Knien, während ihr Mann sich in der Waschschüssel wusch. Die Hitze kündigte ein Gewitter an.

«Ist das eine lange Erzählung?» fragte sie nach gründlicher Überlegung.

Mit den genau bemessenen Bewegungen, die er sich im Operationssaal angewöhnt hatte, hob der Arzt den Kopf aus der Schüssel. «Es soll ein kurzer Roman sein», sagte er vor dem Spiegel, während er die Brillantine auftrug. «Ich würde es eher eine lange Erzählung nennen.» Er massierte sich das Mittel in die Kopfhaut ein und schloß: «Die Kritiker würden sagen, es ist eine Kurzgeschichte, aber eine lange.»

Er zog einen weißen Leinenanzug an; seine Frau half ihm dabei. Man hätte sie für seine ältere Schwester halten können, nicht nur wegen der sanften Ergebenheit, mit der sie ihn bediente, sondern auch wegen ihrer kalten Augen, die sie älter wirken ließen. Bevor Doktor Giraldo ging, reichte er ihr, für den Fall, daß noch ein dringender Anruf käme, die Liste mit der Reihenfolge der Hausbesuche und stellte auch die Zeiger der Reklameuhr im Wartezimmer: *Der Doktor kommt um fünf zurück.*

Die Straße flimmerte vor Hitze. Doktor Giraldo schritt auf der Schattenseite entlang. Er fürchtete, es würde trotz der Schwüle an diesem Nachmittag nicht regnen. Das Zirpen der Grillen hob die Einsamkeit des Hafens noch hervor; die Kuh war losgemacht und von der Strömung davongetragen, und der Fäulnisgeruch hatte eine ungeheure Leere in der Luft hinterlassen.

Der Telegrafist rief vom Hotel herüber: «Haben Sie ein Telegramm bekommen?»

Doktor Giraldo verneinte.

«Bitte um Mitteilung der Lieferbedingungen, Unterschrift Arcofán», zitierte der Telegrafist aus dem Gedächtnis.

Sie gingen zusammen zum Telegrafenamt. Während der Arzt eine Antwort aufsetzte, nickte der Beamte ein.

«Das macht die Salzsäure», erklärte der Arzt ohne besondere wissenschaftliche Überzeugung. Als er die Antwort fertig hatte, fügte er, trotz seiner Ahnung, tröstend hinzu: «Vielleicht regnet es heute abend.»

Der Telegrafist zählte die Wörter. Der Arzt achtete nicht auf ihn. Ein umfangreiches Buch, das neben dem Taster aufgeschlagen lag, fesselte seine Aufmerksamkeit. Er fragte, ob es ein Roman sei.

«‹Die Elenden›, Victor Hugo», telegrafierte der Telegrafist. Er versiegelte die Kopie des Telegramms und kehrte mit dem Buch an die Barriere zurück. «Ich glaube, mit dem haben wir bis Dezember zu tun.»

Doktor Giraldo wußte seit Jahren, daß der Telegrafist in seinen freien Stunden der Telegrafistin von San Bernardo del Viento Gedichte drahtete. Er hatte allerdings nicht gewußt, daß er ihr auch Romane vorlas.

«Das ist ja nun schon was Ernstes», sagte er und blätterte in dem abgegriffenen Wälzer, der in ihm wieder die verworrenen Gefühle eines Jünglings weckte. «Alexandre Dumas würde sich eher eignen.»

«Ihr gefällt aber dieses», erklärte der Telegrafist.

«Kennst du sie eigentlich?»

Der Telegrafist schüttelte den Kopf. «Aber es ist auch ganz gleichgültig; ich würde sie überall in der Welt an den kleinen Hüpfern erkennen, die sie immer beim R macht.»

An diesem Nachmittag hielt Doktor Giraldo auch eine Stunde für Don Sabas frei. Er traf ihn völlig erschöpft im Bett an, bis zum Gürtel in ein Badetuch gehüllt.

«Haben die Bonbons geschmeckt?» fragte der Arzt.

«Es ist die Hitze», jammerte Don Sabas und wälzte seinen unförmigen Greisenkörper auf die Seite, um zur Tür blicken zu können. «Ich habe mich nach dem Mittagessen gespritzt.»

Doktor Giraldo öffnete sein Köfferchen auf einem Tisch, der neben dem Fenster bereitstand. Im Hof zirpten die Grillen, und im Zimmer herrschten Treibhaustemperaturen. Don Sabas urinierte mit schwachem Strahl in die Ente. Als der Arzt eine Probe der bernsteinfarbenen Flüssigkeit in das Reagenzglas goß, fühlte sich der Kranke schon getröstet. Er beobachtete den Vorgang der Analysen und sagte: «Passen Sie gut auf, Doktor, denn ich will nicht sterben, bevor ich weiß, wie dieser Roman endet.»

Doktor Giraldo warf eine blaue Tablette in die Probe. «Welcher Roman?»

«Diese geheimnisvollen Zettel.»

Don Sabas verfolgte mit ergebenem Blick, wie Doktor Giraldo die Probe über der Spiritusflamme erhitzte und daran roch. In den farblosen Augen des Kranken stand eine stumme Frage.

«Es ist in Ordnung», erklärte der Arzt, während er die Probe in die Ente zurückgoß. Dann blickte er Don Saba forschend an. «Sie haben auch Angst davor?»

«Ich nicht», wehrte der Kranke ab. «Aber ich amüsiere mich wie ein Japaner über die Angst der Leute.»

Doktor Giraldo bereitete die Injektion vor.

«Außerdem», fuhr Don Sabas fort, «haben sie mir schon vor zwei Tagen einen angeklebt. Immer derselbe Quatsch: die Affären meiner Söhne und die Geschichte mit den Eseln.»

«Aha», sagte der Arzt und schnürte Don Sabas' Arterie mit einem Gummischlauch ab. Der Kranke legte besonderen Nachdruck auf die Geschichte mit den Eseln; er mußte sie erzählen, weil der Arzt sie nicht zu kennen glaubte.

«Vor zwanzig Jahren betrieb ich mal einen Handel mit Eseln. Der Zufall wollte es, daß alle Esel, die ich verkauft hatte, am übernächsten Morgen tot waren, ohne Spuren von Gewaltanwendung aufzuweisen.»

Er hielt dem Arzt, der eine Blutprobe entnehmen wollte, den mit schlaffem Fleisch bedeckten Arm hin. Als Doktor Giraldo den Einstich mit Watte abgetupft hatte, winkelte Don Sabas den Arm an.

«Und wissen Sie, was die Leute sich ausgedacht haben?»

Der Arzt schüttelte den Kopf.

«Es lief das Gerücht um, ich selbst sei bei Nacht in die Höfe eingedrungen und habe die Esel erschossen, indem ich ihnen den Revolver hinten reinsteckte.»

Doktor Giraldo schob das Glasrohr mit der Blutprobe in die Jackentasche. «Alles spricht dafür, daß diese Geschichte wahr ist.»

«Es waren Schlangen», sagte Don Sabas; er hockte in seinem Bett wie ein orientalischer Götze. «Man muß jedenfalls ziemlich dusselig sein, auf so einen Zettel was zu schreiben, was alle Welt weiß.»

«Das war stets eine Eigenart dieser gemeinen Zettel», entgegnete der Arzt. «Es heißt, was alle wissen, ist bestimmt fast immer die Wahrheit.»

Don Sabas erlitt einen flüchtigen Schock. «Wirklich», murmelte er und trocknete sich mit dem Bettlaken den Schweiß von den geschwollenen Augenlidern. Er faßte sich sofort wieder. «Tatsache ist, daß es in diesem Land kein einziges Vermögen gibt, dem nicht ein toter Esel auf dem Rücken lastet.»

Der Arzt vernahm den Satz, gerade als er sich über das Waschbecken beugte. Er konnte im Wasser beobachten, wie er selber darauf reagierte: ein so fehlerloses Gebiß, daß es künstlich wirkte. Über die Schulter hinweg schaute er den Patienten an. «Ich war schon immer der Ansicht, mein lieber Don Sabas, daß Ihre einzige Tugend die Unverschämtheit ist . . .»

Der Kranke lebte sichtlich auf. Die Seitenhiebe seines Arztes bewirkten bei ihm stets eine momentane Verjüngung. «Die und meine sexuelle Leistungsfähigkeit», bestätigte er und begleitete die Worte mit einem Beugen des Armes, was vielleicht den Kreislauf anregen sollte, dem Arzt jedoch ungemein dreist vorkam. Don Sabas hüpfte auf den Hinterbacken. «Deshalb lache ich über diese Schmierereien», fuhr er fort. «Sie sagen, meine Söhne laufen jedem jungen Mädchen nach, das sich in dieser Gegend zeigt, und ich sage: Es sind die Söhne ihres Vaters.»

Bevor sich Doktor Giraldo verabschieden konnte, mußte er sich eine gespenstische Kurzfassung der sexuellen Abenteuer Don Sabas' anhören.

«Glückliche Jugendzeit!» rief der Kranke schließlich aus. «Glückliche Zeit, als ein junges Mädchen von sechzehn Jahren weniger kostete als eine Färse.»

«Diese Erinnerungen erhöhen Ihren Zuckerspiegel», warnte der Arzt.

Don Sabas öffnete den Mund. «Im Gegenteil», gab er zurück. «Sie nützen mehr als Ihre verfluchten Insulinspritzen.»

Als der Arzt auf die Straße hinaustrat, hatte er den Eindruck, daß in Don Sabas' Arterien eine recht kräftige Brühe zu kreisen begonnen hatte. Doch ihn beschäftigte etwas anderes: die Zettel mit den Anzüglichkeiten. Seit Tagen drangen Gerüchte in sein Sprechzimmer. An diesem Nachmittag, nach dem Besuch bei Don Sabas, wurde ihm bewußt, daß er tatsächlich seit einer Woche von nichts anderem hatte reden hören.

In der darauffolgenden Stunde machte er mehrere Besuche, und jedesmal sprach man mit ihm über die Zettel. Er hörte sich die Berichte mit scheinbar spöttischer Gleichgültigkeit an, ohne etwas dazu zu sagen, doch in Wirklichkeit versuchte er zu einem Schluß zu kommen. Er war auf dem Rückweg in seine Praxis, als ihn Pater Angel, der eben das Haus der Witwe de Montiel verließ, aus seinen Grübeleien riß.

«Wie geht es den Patienten, Doktor?» fragte Pater Angel.

«Meinen geht es gut, Pater», erwiderte der Arzt. «Und Ihren?»

Pater Angel biß sich auf die Lippen. Er nahm den Arzt beim Arm, um mit ihm zusammen den Platz zu überqueren.

«Warum fragen Sie?»

«Ich weiß nicht», sagte der Arzt. «Ich habe gehört, daß in Ihrem Patientenkreis eine schwere Epidemie herrscht.»

Pater Angel lenkte, wie es dem Arzt schien, bewußt ab. «Ich habe eben mit der Witwe de Montiel gesprochen», sagte er. «Die arme Frau ist mit den Nerven vollkommen herunter.»

«Womöglich ist es das Gewissen», vermutete der Arzt.

«Es ist Todesbesessenheit.»

Obwohl sie in entgegengesetzter Richtung wohnten, begleitete Pater Angel ihn zu seiner Praxis.

«Pater», begann der Arzt wieder. «Was denken Sie eigentlich über diese Zettel?»

«Ich schenke ihnen keine Beachtung», antwortete der Pater. «Aber da Sie mich danach fragen, so will ich Ihnen sagen, daß sie ein Werk des Neides auf eine vorbildliche Gemeinde sind.»

«So haben wir Ärzte nicht einmal im Mittelalter diagnostiziert», stellte Doktor Giraldo fest.

Vor der Arztpraxis blieben sie stehen. Pater Angel fächelte sich langsam Luft zu und bemerkte zum zweitenmal an diesem Tage, «man dürfe den Dingen nicht eine Wichtigkeit beimessen, die sie nicht besitzen».

Doktor Giraldo fühlte sich von stummer Verzweiflung gepackt. «Woher wissen Sie, Pater, daß nichts von alledem stimmt, was auf den Zetteln steht?»

«Ich hätte es sonst in der Beichte erfahren.»

Der Arzt blickte ihm kalt in die Augen. «Um so schlimmer, wenn Sie es in der Beichte nicht erfahren haben.»

An diesem Nachmittag stellte Pater Angel fest, daß man auch in den Häusern der Armen über die Zettel sprach, aber in anderer Weise und sogar mit einem gesunden Behagen. Er aß ohne Appetit, nachdem er unter bohrenden Kopfschmerzen, die er den Fleischklößchen vom Mittagessen zuschrieb, gebetet hatte. Dann suchte er die moralische Bewertung des Filmes, und zum erstenmal in seinem Leben empfand er dunkel ein Gefühl des Hochmuts, als die zwölf Glockenschläge das absolute Verbot verkündeten. Schließlich stellte er einen Hocker in die Haustür, wobei ihm war, als müsse sein Kopf vor Schmerzen zerspringen. Er wollte in aller Öffentlichkeit aufpassen, wer entgegen seiner Bekanntgabe ins Kino ging.

Der Bürgermeister ging hin. Ehe die Vorstellung begann, rauchte er auf seinem Eckplatz im Parkett zwei Zigaretten. Da er das Rauchen nicht gewöhnt war – eine Schachtel reichte bei ihm sonst einen ganzen Monat –, verursachte es ihm Übelkeit. Die Entzündung des Zahnfleisches war vollständig abgeklungen, doch der Körper litt noch unter den Folgen der vergangenen Nächte und den Nachwirkungen der Analgetika.

Ein von einer Zementmauer umschlossener Hof stellte das Kino dar.

Die Hälfte des Parketts war mit Zinkblech überdacht, und das im Hof sprießende Gras, mit Kaugummi und Zigarettenstummeln gedüngt, schien sich jeden Morgen wieder aufzurichten. Einen Augenblick kam es dem Bürgermeister vor, als tanzten die Bänke aus rohem Holz, das Eisengitter zwischen Sperrsitz und Galerie vor seinen Augen, und beim Anblick der weißgestrichenen Projektionsfläche an der hinteren Wand packte ihn eine Welle des Schwindels.

Als die Lichter erloschen, fühlte er sich besser. Nun brach die schrille Lautsprechermusik ab, doch dafür empfand er das Vibrieren des Stromerzeugers, der in einer Holzbude neben dem Projektor arbeitete, immer stärker.

Vor Beginn des Films wurden Reklamebilder gezeigt. Ein Gewirr von unterdrücktem Geflüster, Füßetrampeln und leisem Gekicher brachte minutenlang Bewegung in das Halbdunkel. Nach kurzem Erschrecken erfaßte der Bürgermeister, daß dieses heimliche Eintreten offenbar eine versteckte Rebellion gegen Pater Angels starre Regeln darstellte.

Er hätte den Kinobesitzer, als dieser an ihm vorbeikam, schon an der Duftwolke aus Kölnischwasser erkannt.

«Bandit!» flüsterte er und packte ihn am Arm. «Da ist eine Extrasteuer fällig.»

Der Kinobesitzer lachte leise und setzte sich auf den freien Platz neben dem Bürgermeister. «Der Film ist gut», sagte er.

«Meinetwegen können alle schlecht sein», entgegnete der Bürgermeister. «Nichts ist langweiliger als der moralische Film.»

Bis vor einigen Jahren hatte keiner die Glockenzensur sehr ernst genommen. Aber jeden Sonntag hatte Pater Angel von der Kanzel herab die Namen der Frauen verkündet, die im Laufe der Woche seiner Bekanntgabe nicht gefolgt waren, und hatte sie aus der Kirche ausgewiesen.

«Das Hintertürchen war die Rettung», sagte der Kinobesitzer.

Der Bürgermeister schaute sich die veraltete Wochenschau an. Dabei sprach er weiter und machte nur dann eine Pause, wenn ihn auf der Leinwand etwas fesselte. «Es ist überall das gleiche. Der Priester verweigert den Frauen, die kurze Ärmel tragen, die Kommunion, und sie tragen weiter kurze Ärmel, ziehen aber falsche Ärmel drüber, wenn sie zur Messe gehen.»

Nach der Wochenschau wurde die Vorschau auf den Film der nächsten Woche gegeben. Sie sahen schweigend zu. Dann beugte sich der Kinobesitzer zum Bürgermeister hinüber. «Leutnant», flüsterte er ihm ins Ohr, «kaufen Sie mir diesen ganzen Laden ab.»

Der Bürgermeister wandte den Blick nicht von der Leinwand. «Das ist kein Geschäft.»

«Für mich nicht», sagte der Besitzer. «Aber für Sie wäre es eine Goldgrube. Und das ist klar: Ihnen könnte der Priester nicht mit dem Glokkengebimmel kommen.»

Der Bürgermeister dachte nach, bevor er antwortete. «Klingt nicht übel.»

Aber er wollte sich nicht festlegen. Er legte seine Beine auf die Bank, die vor ihm stand, und verlor sich auf den Irrwegen einer verwickelten Handlung, die schließlich und endlich, wie er meinte, nicht einmal vier Glockenschläge verdient hätte.

Als er aus dem Kino kam, blieb er ein paar Minuten im Billardsaal, wo man Lotterie spielte. Es war heiß, und das Radio schwitzte eine mißtönende Musik aus. Nachdem er eine Flasche Mineralwasser getrunken hatte, wollte er nach Hause gehen. Er schritt sorglos am Ufer dahin und nahm im Dunkeln das dumpfe Murmeln des angeschwollenen Flusses, seinen Wildgeruch wahr. Vor der Schlafzimmertür machte er jäh halt. Er sprang mit einem Satz zurück und riß den Revolver aus der Tasche.

«Kommen Sie ins Licht», sagte er mit scharfer Stimme, «oder ich brenne Ihnen eins auf.»

Eine sehr zarte Stimme drang aus dem Dunkel. «Seien Sie nicht so nervös, Leutnant.»

Er blieb mit schußbereitem Revolver stehen, bis die verborgene Person ins Licht trat und sich zu erkennen gab. Es war Casandra.

«Du bist um Haaresbreite davongekommen», sagte der Bürgermeister. Er ließ sie zum Schlafzimmer vorangehen. Lange Zeit redete Casandra wahllos über dieses und jenes. Sie hatte sich in die Hängematte gesetzt, und während sie sprach, streifte sie ihre Schuhe ab und betrachtete unbefangen ihre feuerrot lackierten Zehennägel.

Ihr gegenüber saß der Bürgermeister; er fächelte sich mit der Mütze Luft zu und folgte der Unterhaltung mit förmlicher Korrektheit. Er hatte wieder angefangen zu rauchen. Als es zwölf schlug, legte sie sich in die Hängematte, streckte ihren mit einem Satz klingelnder Reifen geschmückten Arm nach ihm aus und kniff ihn sanft in die Nase. «Es ist spät, mein Junge», sagte sie. «Mach das Licht aus.»

Der Bürgermeister lächelte. «Es war nicht deswegen.»

Sie begriff nicht.

«Können Sie Karten legen?» fragte der Bürgermeister.

Casandra setzte sich wieder auf in der Hängematte. «Freilich», erwiderte sie. Sie hatte verstanden und zog sich die Schuhe an.

«Aber ich habe meine Karten nicht mitgebracht», sagte sie.

«Hilf dir selbst, so hilft dir Gott», lächelte der Bürgermeister. Er holte aus den Tiefen des Koffers abgegriffene Spielkarten hervor. Sie betrachtete jede Karte mit ernster Aufmerksamkeit von vorn und von hinten.

«Die anderen Karten sind besser», meinte sie. «Aber immerhin: das Wichtigste ist der Zusammenhang.»

Der Bürgermeister schob ein Tischchen heran, setzte sich ihr gegenüber, und Casandra legte die Karten aus.

«Liebe oder Geschäft?» fragte sie.

Der Bürgermeister wischte seine schwitzenden Hände ab. «Geschäft», stieß er hervor.

Ein herrenloser Esel hatte sich zum Schutz gegen den Regen unter dem Dach des Pfarrhauses untergestellt und trat die ganze Nacht mit den Hufen gegen die Schlafzimmerwand. Es war eine unruhige Nacht. Pater Angel fand erst beim Morgengrauen etwas Schlaf und erwachte mit einem Gefühl, als sei er von Staub bedeckt. Die im Sprühregen schlummernden Narden, der Gestank des Aborts und dann, nach dem Verhallen der fünf Glockenschläge, das düstere Kircheninnere, alles schien eigens dazu erdacht, diesen Morgen zu einer Last werden zu lassen.

Er kleidete sich in der Sakristei für die Messe um und hörte dabei, wie Trinidad ihre Ausbeute an toten Mäusen zusammentrug, während die Frauen, die werktags die Gemeinde bildeten, bereits verstohlen in die Kirche schlüpften. Im Verlaufe der Messe bemerkte er mit wachsender Verärgerung die Fehler des Meßgehilfen und sein scheußliches Latein; von einem Gefühl der Niedergeschlagenheit gepackt, wie es ihn nur in den schlimmsten Stunden seines Lebens gequält hatte, führte er die Messe zu Ende.

Er wollte gerade frühstücken gehen, als ihm Trinidad mit strahlendem Gesicht in den Weg trat. «Heute sind es sechs mehr», sagte sie und schüttelte geräuschvoll die Schachtel mit den toten Mäusen.

Pater Angel bemühte sich, seines Trübsinns Herr zu werden. «Wunderbar», sagte er; «nun brauchen wir nur noch die Nester zu finden, dann können wir sie vollständig ausrotten.»

Trinidad hatte die Nester schon gefunden. Sie erzählte, wie sie die Löcher an verschiedenen Stellen der Kirche, besonders im Turm und am Taufbecken, entdeckt und mit Asphalt zugeschmiert habe. An diesem Morgen hatte sie eine Maus, die die ganze Nacht hindurch ihr Schlupfloch gesucht hatte, wie irrsinnig gegen die Wände rennen sehen.

Sie traten auf den kleinen gepflasterten Hof, wo die ersten Narden sich aufzurichten begannen. Trinidad blieb zurück, weil sie erst noch die toten Mäuse in den Abort warf. Als sie in das Arbeitszimmer kam, hatte Pater Angel schon das Tüchlein weggenommen, unter dem allmorgendlich, wie durch Zauberei, das Frühstück bereitstand, das ihm vom Hause der Witwe de Asís gebracht wurde, und schickte sich an zu essen.

«Ich hatte noch vergessen zu sagen, daß ich das Arsenik nicht besorgen konnte», sagte Trinidad beim Eintreten. «Don Lalo Moscote behauptet, er darf es ohne ärztliche Verordnung nicht verkaufen.»

«Wir werden es gar nicht brauchen», meinte Pater Angel. «Sie erstikken alle in ihren Löchern.»

Er schob einen Stuhl an den Tisch und stellte die Tasse, den Teller mit den dünnen Maisbrotscheiben und die Kaffeekanne mit dem japanischen Drachen zurecht.

Trinidad öffnete inzwischen das Fenster. «Es ist immerhin besser, man hat Vorkehrungen getroffen für den Fall, daß sie wiederkommen», sagte sie.

Pater Angel schenkte sich Kaffee ein, hielt jedoch plötzlich inne und blickte Trinidad an, die, in einem schlampigen Rock und in orthopädischen Schuhen, an den Tisch herantrat. «Du machst dir darüber zu viele Sorgen», sagte er.

Pater Angel konnte auch jetzt keinerlei Anzeichen von Unruhe an Trinidads buschigen Augenbrauen entdecken. Ohne ein leichtes Zittern der Hände verhindern zu können, füllte er seine Tasse, tat zwei Löffel Zucker hinein und rührte um, den Blick auf das Kruzifix an der Wand geheftet. «Wann hast du das letzte Mal gebeichtet?»

«Am Freitag», erwiderte Trinidad.

«Ich möchte eins wissen», drängte Pater Angel. «Hast du mir irgendwann einmal eine Sünde verschwiegen?»

Trinidad schüttelte den Kopf.

Pater Angel schloß die Augen. Plötzlich hielt er im Umrühren inne, legte den Löffel auf die Untertasse und packte Trinidad am Arm. «Knie nieder!» gebot er.

Verwirrt legte Trinidad die Pappschachtel auf den Boden und kniete vor ihm nieder. «Bete das Sündenbekenntnis», befahl Pater Angel in jenem väterlichen Ton, den seine Stimme im Beichtstuhl annahm. Trinidad preßte die gefalteten Hände an die Brust und betete in unverständlichem Gemurmel, bis der Pater ihr die Hand auf die Schulter legte und sagte: «Es ist gut.»

«Ich habe gelogen», begann Trinidad von neuem.

«Was noch?»

«Ich habe schlechte Gedanken gehabt.»

Es war dies das Schema ihrer Beichte. Stets zählte sie in allgemein gehaltener Formulierung die gleichen Sünden auf, und stets in der gleichen Reihenfolge. Diesmal jedoch hielt es Pater Angel für angebracht, tiefer zu dringen. «Zum Beispiel?»

«Ich weiß nicht», zögerte Trinidad. «Manchmal hat man eben schlechte Gedanken.»

Pater Angel richtete sich auf. «Ist dir nie der Gedanke gekommen, dir das Leben zu nehmen?»

«Ave María Purísima!» rief Trinidad, ohne den Kopf zu heben, und klopfte mit den Knöcheln der gefalteten Hände an das Tischbein. Dann erwiderte sie: «Nein, Pater.»

Pater Angel zwang sie, den Kopf zu heben, und gewahrte mit tiefer Betrübnis, daß die Augen des Mädchens sich langsam mit Tränen füllten.

«Das bedeutet also, daß das Arsenik wirklich für die Mäuse ist.»

«Ja, Pater.»

«Warum weinst du dann?»

Trinidad versuchte den Kopf zu senken, doch er hielt ihr entschlossen das Kinn hoch. Sie ließ den Tränen freien Lauf. Pater Angel fühlte sie wie warmen Essig über seine Finger rinnen. «Fasse dich. Du bist mit deiner Beichte noch nicht am Ende.»

Er ließ sie sich still ausweinen. Als sie aufgehört hatte, sagte er sanft: «Gut, jetzt erzähle.»

Trinidad schneuzte sich in ihren Rock und schluckte ihren zähen, von Tränen salzigen Speichel hinunter. Als sie von neuem zu sprechen begann, hatte sie ihre schöne Altstimme wiedergefunden.

«Mein Onkel Ambrosio verfolgt mich», sagte sie.

«Wie das?»

«Er will, daß ich ihn eine Nacht in mein Bett lasse», antwortete Trinidad.

«Und weiter?»

«Weiter nichts», sagte Trinidad. «Bei Gott, weiter ist nichts.»

«Du sollst nicht schwören», ermahnte sie der Pater, und mit seiner ruhigen Beichtvaterstimme fragte er: «Sage mir: mit wem schläfst du?»

«Mit meiner Mama und den anderen Frauen», erwiderte Trinidad. «Sieben in einem Raum.»

«Und er?»

«In der anderen Kammer, bei den Männern», sagte Trinidad.

«Ist er nie in dein Zimmer gekommen?»

Trinidad schüttelte den Kopf.

«Sage die Wahrheit», drängte Pater Angel. «So rede doch und hab keine Angst: Hat er niemals versucht, in deine Kammer zu gelangen?»

«Einmal.»

«Wie geschah das?»

«Ich weiß nicht», zögerte Trinidad. «Als ich aufwachte, merkte ich, daß er mit unter meinem Moskitonetz lag, ganz still; er beteuerte, er wolle mir nichts tun, sondern nur bei mir schlafen, weil er vor den Hähnen Angst habe.»

«Vor welchen Hähnen?»

«Ich weiß nicht», antwortete Trinidad. «Das hat er jedenfalls gesagt.»

«Und was hast du gesagt?»

«Wenn er nicht ginge, würde ich so laut schreien, daß alle aufwachen.»

«Und was tat er dann?»

«Cástula wachte auf und fragte mich, was los sei, und ich sagte, nichts sei los, sie müsse wohl geträumt haben, und da blieb er ganz still liegen wie ein Toter, und ich habe es kaum gemerkt, als er unter dem Moskitonetz hervorkroch.»

«Er war doch bekleidet», meinte der Pater in überzeugtem Ton.

«Er war so, wie er beim Schlafen eben ist», sagte Trinidad; «er hatte nur die Hosen an.»

«Er versuchte nicht, dich zu berühren.»

«Nein, Pater.»

«Sag die Wahrheit.»

«Es ist wahr, Pater», beteuerte Trinidad; «beim heiligen Gott.»

Pater Angel hob ihr wieder den Kopf in die Höhe und bemerkte den schwermütigen Glanz in ihren feuchten Augen. «Warum hast du mir das verschwiegen?»

«Ich hatte Angst.»

«Angst, wovor?»

«Ich weiß nicht, Pater.»

Er legte ihr die Hand auf die Schulter und sprach lange Zeit auf sie ein. Trinidad nickte dazu. Zum Schluß begann er ganz leise mit ihr zu beten. «Mein Herr Jesus Christus, in Wahrheit Gott und Mensch . . .» betete er inbrünstig, von einer gewissen Furcht erfüllt, während er vor seinem inneren Auge sein bisheriges Leben vorüberziehen ließ, soweit seine Erinnerung zurückreichte. Als er die Absolution erteilte, bemächtigte sich seiner allmählich das Gefühl eines nahenden Unheils.

Der Bürgermeister stieß die Tür auf und rief: «Richter!»

Richter Arcadios Frau erschien in der Schlafzimmertür und trocknete sich die Hände am Rock ab. «Er ist schon zwei Nächte nicht nach Hause gekommen», sagte sie.

«Verflucht!» stieß der Bürgermeister hervor. «Im Büro ist er gestern auch nicht gewesen. Ich habe ihn überall gesucht, wegen einer dringenden Angelegenheit, aber keiner weiß etwas von ihm. Können Sie sich denn nicht denken, wo er ist?»

Die Frau zuckte mit den Achseln. «Bei den Huren wird er sein.»

Der Bürgermeister ging und ließ die Tür offenstehen. Er trat in den Billardsaal, wo der automatische Plattenspieler in voller Lautstärke eine sentimentale Melodie spielte, wandte sich direkt nach dem hinteren Raum und brüllte: «Richter!»

Don Roque, der Wirt, der gerade Rum in eine Korbflasche umfüllte, unterbrach seine Tätigkeit. «Er ist nicht hier, Leutnant», rief er.

Der Bürgermeister stürzte durch die Tür in den anderen Raum. Mehrere Männer spielten Karten. Niemand hatte Richter Arcadio gesehen.

«Verdammt!» fluchte der Bürgermeister. «In diesem Dorf weiß jeder, was der andere tut; aber jetzt, wo ich den Richter brauche, weiß keiner, wo er steckt.»

«Fragen Sie doch den, der die Schmierereien verfaßt», riet Don Roque.

«Bleibt mir mit den Zetteln vom Halse!» entgegnete der Bürgermeister.

Auch in seinem Büro war Richter Arcadio nicht. Es war neun Uhr, doch der Gerichtssekretär hielt schon ein Schläfchen unter dem langen Balkon auf der Hofseite. Der Bürgermeister eilte weiter zur Polizeistation, befahl drei Polizisten, ihre Uniform anzuziehen und im Tanzsaal und in den Zimmern der drei ortsbekannten Dirnen nach Richter Arcadio zu suchen. Dann trat er wieder auf die Straße, wußte aber nicht, wohin er sich wenden sollte. In der Friseurstube stieß er auf Richter Arcadio, der, die Beine weit gespreizt, das Gesicht in ein heißes Handtuch gehüllt, im Stuhl lehnte.

«Verflucht noch mal, Richter», tobte der Bürgermeister, «ich suche Sie seit zwei Tagen!» Als der Barbier die Kompresse abnahm, bemerkte er die verquollenen Augen und den Schatten eines drei Tage alten Bartes. «Sie gehen fremd, und Ihre Frau kriegt inzwischen ein Kind», warf er ihm vor.

Richter Arcadio sprang auf. «Scheiße!»

Der Bürgermeister lachte schallend auf und drückte ihn auf den Stuhl nieder. «Nur keine Angst, ich suche Sie aus einem anderen Grunde.»

Mit geschlossenen Augen legte sich Richter Arcadio wieder zurück.

«Sehen Sie zu, daß Sie hier fertig werden und kommen Sie mit ins Büro», drängte der Bürgermeister. «Ich warte auf Sie.» Er setzte sich auf die Bank. «Wo zum Teufel haben Sie gesteckt?»

«Nun, hier in der Nähe», sagte der Richter.

Der Bürgermeister kam nicht oft in die Friseurstube. Irgendwann hatte er das Plakat an der Wand bemerkt: «Politische Gespräche verboten», doch er hatte nichts Besonderes dabei gefunden. Diesmal jedoch stutzte er. «Guardiola!» rief er.

Der Barbier wischte das Rasiermesser an seiner Hose ab und hielt abwartend inne. «Was ist, Leutnant?»

«Wer hat dir gestattet, das Ding da anzubringen?» fragte der Bürgermeister und wies auf das Plakat.

«Die Erfahrung», erwiderte der Barbier.

Der Bürgermeister schob einen Hocker an die hintere Wand und stieg darauf, um das Plakat abzunehmen. «Die Regierung ist als einzige berechtigt, hier etwas zu verbieten», sagte er. «Wir leben in einer Demokratie.»

Der Barbier machte sich wieder an die Arbeit.

«Niemand darf die Leute daran hindern, ihre Gedanken auszusprechen», fuhr der Bürgermeister fort und zerriß die Pappe. Er warf die Stücke in den Abfallkorb und ging zum Frisiertisch, um sich die Hände zu waschen.

«Siehst du wohl, Guardiola», belehrte ihn der Richter. «Das hast du von deiner Duckmäuserei.»

Der Bürgermeister versuchte den Barbier im Spiegel zu sehen; er fand ihn in seine Arbeit vertieft. Solange er sich die Hände abtrocknete, ließ er ihn nicht aus den Augen.

«Der Unterschied zwischen früher und heute», bemerkte er, «besteht darin, daß früher die Politiker befahlen, während heute die Regierung befiehlt.»

«Da hörst du es, Guardiola», sagte Richter Arcadio, das Gesicht mit Schaum bedeckt.

«Freilich», entgegnete der Barbier.

Als sie draußen waren, zerrte der Bürgermeister Richter Arcadio zu seinem Büro. Der anhaltende Regen ließ die Straßen wie mit Schmierseife eingerieben erscheinen. «Ich hab mir schon immer gedacht, daß das ein Verschwörernest ist», sagte er.

«Es wird geredet», erwiderte Richter Arcadio, «aber das ist auch alles.»

«Das ist es ja gerade, was mir nicht geheuer vorkommt», gab der Bürgermeister zurück. «Sie sind mir zu friedlich.»

«In der Geschichte der Menschheit», dozierte der Richter, «hat es keinen einzigen Barbier gegeben, der in eine Verschwörung verwickelt gewesen wäre. Dagegen gab es keinen einzigen Schneider, der es nicht gewesen wäre.»

Der Bürgermeister ließ Richter Arcadios Arm erst los, als er ihn auf den Drehstuhl verfrachtet hatte. Der Sekretär brachte gähnend ein maschinegeschriebenes Blatt.

«Gut», sagte der Bürgermeister zu ihm, «gehen wir an die Arbeit.» Er schob die Mütze in den Nacken und ließ sich das Blatt geben. «Was ist das?»

«Das ist für den Richter», erklärte der Sekretär. «Es ist die Liste mit den Personen, die keine Zettel gekriegt haben.»

Der Bürgermeister wandte sich verblüfft an den Richter. «Ach, verdammt!» rief er aus. «Auch Sie geben sich mit dieser Schweinerei ab!»

«Es ist wie die Lektüre von Kriminalromanen», entschuldigte sich der Richter.

Der Bürgermeister ging die Liste durch.

«Das ist eine gute Spur», erläuterte der Sekretär. «Einer von denen muß der Schmierfink sein. Ist das nicht logisch?»

Richter Arcadio nahm dem Bürgermeister das Blatt ab. «Er ist eben erzdumm», meinte er, indem er sich dem Bürgermeister zuwandte. Dann sagte er zu dem Sekretär: «Wenn ich solche Zettel anbringe, sorge ich zuallererst dafür, daß an meinem eigenen Haus einer hängt, um mich vor jedem Verdacht zu schützen. Denken Sie nicht auch, Leutnant?» fragte er den Bürgermeister.

«Mit diesem Blödsinn sollen sich die Leute selbst befassen», sagte der Bürgermeister, «und die werden schon wissen, wie sie damit zurechtkommen. Wir brauchen uns darüber nicht den Kopf zu zerbrechen.»

Richter Arcadio zerriß das Blatt, knüllte es zu einer Kugel zusammen und warf es auf den Hof hinaus. «Das ist wahr.»

Noch ehe diese Antwort kam, hatte der Bürgermeister den Zwischenfall bereits vergessen. Er stützte sich mit den Handflächen auf den Schreibtisch und erklärte: «Also, ich möchte, daß Sie über folgende blöde Sache in Ihren Büchern nachschlagen. Durch die Überschwemmungen gezwungen, haben die Leute aus dem unteren Ortsteil ihre Häuser auf die Grundstücke hinter dem Friedhof umgesetzt, die mein Eigentum sind. Was muß ich in diesem Fall tun?»

Richter Arcadio lächelte. «Deswegen brauchten wir nicht erst ins Büro zu gehen. Es ist die einfachste Sache der Welt: die Gemeinde gibt den Ansiedlern die Grundstücke und zahlt eine angemessene Entschädigung an denjenigen, der nachweist, daß er der rechtmäßige Eigentümer ist.»

«Ich habe die Dokumente», sagte der Bürgermeister.

«Dann braucht man nur noch Sachverständige zu ernennen, um die Schätzung vornehmen zu lassen», meinte der Richter. «Die Gemeinde bezahlt.»

«Und wer ernennt sie?»

«Die können Sie selbst ernennen.»

Der Bürgermeister ging zur Tür und rückte dabei seine Revolvertasche zurecht. Richter Arcadio blickte ihm nach, und ihm kam der Gedanke, daß das Dasein nichts anderes sei als eine stete Folge von Gelegenheiten, mit dem Leben davonzukommen. «Man braucht wegen einer so simplen Sache nicht nervös zu werden», lächelte er.

«Ich bin nicht nervös», entgegnete der Bürgermeister ernst; «aber immerhin ist es eine unangenehme Geschichte.»

«Allerdings müssen Sie vorher den Verwaltungsbeamten ernennen», warf der Sekretär ein.

Der Bürgermeister wandte sich an den Richter. «Stimmt das?»

«Während des Ausnahmezustandes ist es nicht unbedingt erforderlich», belehrte ihn der Richter. «Sie aber stünden in einem besseren Licht, wenn sich ein Verwaltungsbeamter einschaltete, zumal Sie ja der Eigentümer der fraglichen Grundstücke sind.»

«Also müssen wir einen ernennen», sagte der Bürgermeister.

Ohne den Blick von den Aasgeiern abzuwenden, die mitten auf der Straße um ein Stück Gekröse stritten, stellte Señor Benjamín den anderen Fuß auf den Deckel der Kiste. Er beobachtete die schwerfälligen Bewegungen der Vögel, die so steif und feierlich wie bei einem altertümlichen Tanz einherschritten, und bewunderte die getreue Nachahmung dieser Tiere durch jene Männer, die sich am Sonntag vor Fastnacht als Aasgeier verkleiden. Der Bursche zu seinen Füßen rieb auch den zweiten Schuh mit Zinkoxyd ein und klopfte dann wieder auf die Kiste, um ihn aufzufordern, den anderen Fuß auf den Deckel zu stellen..

Señor Benjamín, der früher davon gelebt hatte, Bittschriften zu verfassen, ließ sich durch nichts aus der Ruhe bringen. Die Zeit verstrich unmerklich in diesem Laden, in dem er Centavo um Centavo durchgebracht hatte, bis bloß noch etwa vier Liter Petroleum und ein Bündel Talgkerzen übrig waren.

«Es regnet, und doch ist es noch heiß», bemerkte der Bursche.

Señor Benjamín stimmte ihm zu. Er trug einen makellosen Leinenanzug. Der Bursche dagegen hatte einen klatschnassen Rücken.

«Die Hitze ist eine Frage der Einstellung», meinte Señor Benjamín. «Es kommt nur darauf an, sie nicht zu beachten.»

Der Bursche erwiderte nichts. Er klopfte wieder auf die Kiste, und einen Moment später hatte er die Arbeit beendet. Señor Benjamín zog in seinem dämmerigen Laden, der mit leeren Regalen vollstand, die Jacke an. Dann setzte er einen Strohhut auf, überquerte unter einem Regenschirm die Straße und pochte an das Fenster des gegenüberliegenden Hauses. Ein Mädchen mit tiefschwarzem Haar und sehr blasser Haut erschien am halbgeöffneten Fensterladen.

«Guten Tag, Mina», sagte Señor Benjamín. «Gehst du noch nicht Mittag essen?»

Sie verneinte und öffnete das Fenster nun ganz. Sie saß vor einem großen Korb voll zugeschnittener Drähte und buntem Papier. Auf ihrem

Schoß lag ein Garnknäuel, eine Schere und ein halbfertiger Strauß aus künstlichen Blumen. Auf dem Grammophon spielte eine Platte.

«Tu mir den Gefallen und behalte den Laden im Auge, bis ich zurückkomme», bat Señor Benjamín.

«Bleiben Sie lange weg?»

Señor Benjamín lauschte der Schallplatte. «Ich gehe zum Zahnarzt», sagte er. «In spätestens einer halben Stunde bin ich wieder da.»

«Na schön», meinte Mina. «Die Blinde will nicht, daß ich mich lange am Fenster aufhalte.»

Señor Benjamín wandte sich von der Schallplatte ab. «Heutzutage sind alle Lieder gleich», stellte er fest.

Mina ergriff eine der fertigen Blumen an ihrem langen, mit grünem Papier umwickelten Drahtstiel. Sie drehte sie in ihren Fingern, bezaubert von der vollkommenen Harmonie zwischen Schallplatte und Blume. «Sie sind kein Musikfreund», sagte sie.

Doch Señor Benjamín war schon gegangen. Um die Aasgeier nicht zu verjagen, schlich er auf Zehenspitzen. Mina machte sich erst wieder an die Arbeit, als sie ihn beim Zahnarzt anklopfen sah.

«Meiner Meinung nach», bemerkte der Zahnarzt beim Öffnen, «hat das Chamäleon seinen besonderen Sinn in den Augen.»

«Möglich», gab Señor Benjamín zu. «Aber wie kommen Sie gerade jetzt darauf?»

«Ich habe eben im Radio gehört, daß blinde Chamäleons ihre Farbe nicht wechseln», erklärte der Zahnarzt.

Señor Benjamín stellte den aufgespannten Regenschirm in die Ecke, hängte Jacke und Hut an einen Haken und nahm im Behandlungsstuhl Platz. Der Zahnarzt rührte im Mörser eine rosafarbene Masse an.

«Es wird allerlei geredet», sagte Señor Benjamín. Nicht nur jetzt, sondern immer sprach er in diesem geheimnisvollen Ton.

«Über Chamäleons?»

«Über alles mögliche.»

Der Zahnarzt trat mit der fertigen Masse an den Stuhl heran, um den Abdruck zu machen. Señor Benjamín nahm die schadhafte Zahnprothese aus dem Mund, wickelte sie in ein Taschentuch und legte sie auf die Glasplatte neben dem Behandlungsstuhl. Mit zahnlosem Mund, schmalen Schultern und dürren Gliedern hatte er etwas von einem Heiligen. Der Zahnarzt drückte ihm die Masse am Gaumen fest und ließ ihn den Mund schließen.

«Es ist schon so», sagte er und blickte ihm in die Augen; «ich bin ein Feigling.»

Señor Benjamín wollte tief Luft holen, um zu antworten, doch der Zahnarzt hielt ihm den Mund zu. Nein, widersprach er in Gedanken, das stimmt nicht. Wie jedermann wußte er, daß der Zahnarzt der einzige zum Tode Verurteilte gewesen war, der sein Haus nicht verlassen hatte. Sie hatten ihm die Wände mit Schüssen durchlöchert, sie hatten ihm eine Frist von vierundzwanzig Stunden gegeben, damit er das Dorf verlassen konnte, aber sie hatten nicht vermocht, ihn zu zerbrechen. Er verlegte den Behandlungsraum in ein Zimmer im Innern des Hauses, hatte bei der Arbeit stets den Revolver in Reichweite und blieb Herr der Lage, bis die langen Monate des Terrors vorüber waren.

Während der Behandlung konnte der Zahnarzt dieselbe Antwort mehrmals in verschiedenen Graden der Bedrängnis in Señor Benjamíns Augen lesen. Doch er hielt ihm den Mund zu, bis die Masse trocken war. Dann nahm er den Abdruck heraus.

«Das meine ich gar nicht», sagte Señor Benjamín und atmete befreit auf. «Ich meinte die Zettel mit den Anzüglichkeiten.»

«Ach, auch du machst dir also den Kopf damit schwer.»

«Es ist ein Zeichen sozialer Auflösung», behauptete Señor Benjamín.

Er hatte sich die Zahnprothese wieder eingesetzt und zog sich umständlich die Jacke an.

«Es ist ein Zeichen, daß früher oder später alles ans Tageslicht kommt», meinte der Zahnarzt gleichgültig. Er blickte durchs Fenster in den trüben Himmel und schlug vor: «Wenn du willst, warte hier, bis der Regen nachläßt.»

Señor Benjamín hängte sich den Regenschirm an den Arm. «Es ist niemand im Laden», sagte er und blickte ebenfalls in die regenschweren Wolken. Er schwenkte zum Abschied den Hut; in der Tür sagte er noch: «Und mach dir nicht solche Gedanken, Aurelio. Niemand hat das Recht, dich für einen Feigling zu halten.»

«Wenn es so ist», sagte der Zahnarzt, «warte einen Augenblick.»

Er ging zur Tür und reichte Señor Benjamín ein zusammengefaltetes Blatt. «Lies es und laß es herumgehen.»

Señor Benjamín brauchte das Blatt nicht erst auseinanderzufalten, um zu wissen, worum es sich handelte. Mit offenem Mund blickte er ihn an. «Wieder?»

Der Zahnarzt nickte; er blieb an der Tür stehen, bis Señor Benjamín hinausgegangen war.

Um zwölf rief ihn seine Frau zum Mittagessen. Angela, die zwanzigjährige Tochter, saß in dem schlicht und ärmlich möblierten Eßzimmer, dessen Einrichtung immer alt gewesen zu sein schien, und stopfte Strümpfe. Auf dem Holzgeländer, das den Hof umgab, stand eine Reihe rotgestrichener Töpfe mit Heilkräutern.

«Der arme kleine Benjamín», sagte der Zahnarzt, als er sich auf seinen Platz an dem runden Tisch setzte, «macht sich Sorgen wegen dieser Zettel.»

«Jeder macht sich darüber Sorgen», bemerkte seine Frau.

«Tovars ziehen vom Ort weg», warf Angela ein.

Die Mutter nahm die Suppenteller und füllte sie. «Sie verschleudern förmlich ihre Sachen», berichtete sie.

Der Zahnarzt atmete den warmen Duft der Suppe ein und fühlte sich weit entfernt von den Bedenken seiner Frau. «Sie werden wiederkommen», prophezeite er. «Scham hat ein schlechtes Gedächtnis.»

Während er auf seinen Löffel blies, wartete er, was seine Tochter darauf erwidern würde, ein Mädchen, wie er von einem etwas herben Äußeren, dessen Blick jedoch ungewöhnlich Lebhaftigkeit verriet. Vergeblich wartete er auf eine Antwort. Sie sprach vom Zirkus. Sie berichtete, daß es da einen Mann gebe, der seine Frau mit einer Säge durchschneide, einen Zwerg, der singe und den Kopf im Rachen eines Löwen habe, und einen Trapezkünstler, der den dreifachen Salto mortale über einem mit Messer gespickten Podest schlage. Der Zahnarzt aß schweigend und hörte ihr aufmerksam zu. Zum Schluß versprach er, sie würden heute abend, falls es nicht regne, gemeinsam in den Zirkus gehen.

Während er im Schlafzimmer die Hängematte zum Mittagsschlaf anbrachte, kam ihm zum Bewußtsein, daß sein Versprechen die Stimmung seiner Frau nicht gehoben hatte.

Auch sie war bereit, den Ort zu verlassen, falls ein Zettel an ihr Haus geklebt werden würde. Der Zahnarzt hörte es ohne Überraschung. «Es wäre doch komisch», meinte er, «wenn sie uns nur einen Zettel an die Tür zu kleben brauchten, um uns zu vertreiben, wo es ihnen doch nicht gelungen ist, uns mit Schüssen davonzujagen.» Er zog die Schuhe aus, legte sich in Strümpfen in die Hängematte und sagte beruhigend: «Aber mach dir keine Sorgen, denn es besteht nicht die geringste Gefahr, daß man uns einen anklebt.»

«Sie verschonen niemand», gab die Frau zurück.

«Das kommt darauf an», entgegnete der Zahnarzt. «Bei mir wissen sie, daß es ihnen teuer zu stehen kommt.»

Die Frau streckte sich, völlig erschöpft, auf dem Bett aus. «Wenn du wenigstens wüßtest, wer sie schreibt.»

«Der sie schreibt, weiß es», sagte der Zahnarzt.

Der Bürgermeister ließ oft ganze Tage verstreichen, ohne zu essen. Er vergaß es einfach. Sein zeitweise fieberhafter Tatendrang erfaßte ihn ebenso spontan wie die langen Perioden des Müßiggangs und der Langeweile, in denen er ziellos durch den Ort streifte oder sich in seinem kugelsicheren Arbeitszimmer einschloß und nicht merkte, wie die Zeit verstrich. Er, der immer allein, immer ein wenig auf dem Sprung war, hatte keine besondere Neigung und konnte sich keines Lebensabschnittes erinnern, in dem er sich regelmäßigen Gewohnheiten unterworfen hätte. Nur wenn es ihn unwiderstehlich drängte, erschien er, zu den ungewöhnlichsten Stunden, im Hotel und verzehrte, was man ihm vorsetzte.

An diesem Tag aß er mit Richter Arcadio zu Mittag. Sie blieben den ganzen Nachmittag zusammen, bis der Verkauf der Grundstücke auch formell ins reine gebracht war. Die Sachverständigen erfüllten ihre Pflicht. Der provisorisch ernannte Verwaltungsbeamte versah sein Amt für die Dauer von zwei Stunden. Kurz nach vier gingen sie in den Billardsaal hinüber; beide machten den Eindruck, als kehrten sie von einem anstrengenden Streifzug durch die Zukunft zurück.

«Nun sind wir also fertig», stellte der Bürgermeister fest und schüttelte seine Hände.

Richter Arcadio hörte ihm nicht zu. Der Bürgermeister sah, daß er mit geschlossenen Augen nach einem Hocker an der Theke tastete, und reichte ihm eine Schmerztablette. «Ein Glas Wasser», bestellte er bei Don Roque.

«Ein eisgekühltes Bier», verlangte Richter Arcadio, die Stirn gegen die Theke gelehnt.

«Oder ein eisgekühltes Bier», berichtigte sich der Bürgermeister und legte das Geld auf die Theke. «Er hat es sich verdient, denn er hat mächtig geschuftet.»

Nachdem Richter Arcadio das Bier getrunken hatte, massierte er mit den Fingern seine Kopfhaut. Im Lokal herrschte in Erwartung des Zirkusumzuges erregte Feststimmung.

Der Bürgermeister sah ihn sich vom Billardsaal aus an. Unter dem Geschmetter der Kapelle erschien zunächst auf einem zwergenhaften Elefanten, dessen Ohren Malangablättern glichen, ein Mädchen im Flitterkleid. Ihr folgten die Clowns und die Trapezkünstler. Es hatte zu regnen aufgehört, und die letzten Sonnenstrahlen erwärmten langsam den blankgewaschenen Nachmittag. Als die Musik abbrach, damit der Mann auf Stelzen die Vorankündigung verlesen konnte, schien sich die ganze Ortschaft in geheimnisvoller Stille von der Erde zu lösen.

Pater Angel, der von seinem Arbeitszimmer aus dem Umzug zusah, nickte zum Takt der Musik mit dem Kopf. Diese Heiterkeit, die er aus seiner Kindheit herübergerettet zu haben schien, begleitete ihn den ganzen Abend und verließ ihn erst, als er den Kinobesuch kontrolliert hatte und wieder allein im Schlafzimmer stand. Nachdem er gebetet hatte, blieb er, in schwermütige Gedanken versunken, im geflochtenen Schaukelstuhl sitzen, ohne zu merken, wie es neun Uhr schlug und wie der Lautsprecher des Kinos verstummte und an seiner Stelle nur noch ein Frosch quakte. Dann trat er an seinen Arbeitstisch und schrieb eine Einladung an den Bürgermeister.

Der Bürgermeister saß im Zirkus auf einem Ehrenplatz, den er auf Drängen des Direktors eingenommen hatte, und wohnte der Eröffnungsnummer der Trapezkünstler und einem Auftritt der Clowns bei. Ihnen folgte, in schwarzem Samt und mit verbundenen Augen, Casandra und erbot sich, die Gedanken des Publikums zu lesen. Der Bürgermeister ergriff die Flucht. Er machte einen Rundgang durch den Ort und erschien um zehn Uhr in der Polizeistation. Dort erwartete ihn, in gewählten Worten auf ein kleines Blatt geschrieben, Pater Angels Einladung. Die Förmlichkeit des Ersuchens beunruhigte ihn.

Pater Angel wollte sich gerade ausziehen, als der Bürgermeister anklopfte. «Ist's denn möglich!» rief der Pfarrer aus. «Ich hatte Sie nicht so bald erwartet.»

Der Bürgermeister nahm die Mütze ab, bevor er eintrat. «Ich beantworte gern Briefe», sagte er lächelnd.

Er schleuderte die Mütze mit solchem Schwung auf den geflochtenen Schaukelstuhl, daß sie sich wie eine Scheibe drehte. Unter dem Weinschrank waren ein paar Flaschen Limonade in einem großen irdenen Wasserbehälter kalt gestellt. Pater Angel nahm eine heraus. «Trinken Sie eine Limonade?»

Der Bürgermeister nahm an.

«Ich habe Sie herbemüht», sagte der Pfarrer, ohne Umschweife auf sein Ziel losgehend, «um der Sorge Ausdruck zu geben, die mich angesichts Ihrer Gleichgültigkeit gegenüber jenen Schmierereien erfüllt.»

Er sagte es auf eine Art, die man als Scherz hätte auslegen können, doch der Bürgermeister nahm es wörtlich. Er fragte sich erstaunt, wieso die Sorge wegen solcher Zettel Pater Angel so weit hatte hinreißen können.

«Es ist merkwürdig, Pater, daß auch Sie sich drüber den Kopf zerbrechen.»

Pater Angel durchsuchte alle Schubladen nach dem Flaschenöffner. «Es sind nicht die Zettel an sich, die mich bekümmern», gab er etwas verwirrt zurück; er wußte nicht, was er mit der Flasche anfangen sollte. «Was mich bekümmert, ist sozusagen eine gewisse Ungerechtigkeit, die alledem innewohnt.»

Der Bürgermeister nahm ihm die Flasche ab und öffnete sie mit der linken Hand so geschickt am eisernen Beschlag seines Stiefels, daß der Pater aufmerksam wurde. Der Bürgermeister leckte den überlaufenden Schaum vom Flaschenhals. «Es gibt ein Privatleben», begann er, führte den Gedanken jedoch nicht zu Ende. «Im Ernst, Pater, ich wüßte nicht, was da zu machen wäre.»

Der Pater setzte sich an den Schreibtisch. «Sie sollten es aber wissen. Letzten Endes ist es ja für Sie nichts Neues.» Er blickte zerstreut im Zimmer umher und sagte in verändertem Ton: «Man müßte noch vor Sonntag etwas tun.»

«Heute ist Donnerstag», stellte der Bürgermeister fest.

«Ich bin mir über die Zeit im klaren», gab der Pater zurück und fügte, einem verborgenen Impuls folgend, hinzu: «Aber vielleicht ist es für Sie noch nicht zu spät, Ihre Pflicht zu erfüllen.»

Der Bürgermeister machte eine Bewegung, als wollte er der Flasche den Hals umdrehen. Pater Angel beobachtete ihn, wie er, stattlich und selbstbewußt, ohne jedes Anzeichen des Alters, durch den Raum lief, und empfand ein deutliches Gefühl der Unterlegenheit. «Wie Sie sehen», betonte er nochmals, «handelt es sich um nichts Außergewöhnliches.»

Vom Turm schlug es elf. Der Bürgermeister wartete, bis der letzte Ton verhallt war, und beugte sich dann zum Pater hinüber, wobei er sich mit den Händen auf den Tisch stützte. Auf seinem Gesicht zeigte sich dieselbe heimliche Sorge, die sich gleich darauf auch in der Stimme verriet.

«Sehen Sie mal, Pater», begann er. «Im Ort ist es ruhig, die Leute bekommen allmählich Vertrauen zur Regierung. Jede Gewaltanwendung um einer unwesentlichen Sache willen wäre in diesem Augenblick ein allzugroßes Wagnis.»

Pater Angel nickte. Er versuchte sich näher zu erklären: «Ich beziehe mich ganz allgemein auf gewisse behördliche Maßnahmen.»

«Auf jeden Fall», fuhr der Bürgermeister fort, ohne seine Stellung zu verändern, «muß ich den Umständen Rechnung tragen. Sie wissen, daß ich sechs Polizisten in der Polizeistation festhalte, die Gehalt beziehen, ohne etwas zu tun. Es ist mir nicht gelungen, andere dafür zu bekommen.»

«Das weiß ich», beruhigte ihn Pater Angel. «Ich werfe Ihnen ja nichts vor.»

«Heute ist es für niemanden mehr ein Geheimnis», fuhr der Bürgermeister lebhaft fort, ohne auf die Einwürfe zu achten, «daß drei von ihnen ganz gewöhnliche Verbrecher sind, die man aus den Gefängnissen geholt und als Polizisten verkleidet hatte. So wie die Dinge stehen, will ich nicht das Risiko eingehen, sie auf die Straße zu lassen, damit sie auf ein Hirngespinst Jagd machen.»

Pater Angel breitete die Arme aus. «Freilich, freilich», bestätigte er mit Entschiedenheit; «das kommt natürlich nicht in Frage. Aber warum greifen Sie nicht beispielsweise auf die anständigen Bürger zurück?»

Der Bürgermeister richtete sich auf und tat lustlos ein paar Züge aus der Flasche. Brust und Rücken seiner Uniform waren durchgeschwitzt. «Die anständigen Bürger, wie Sie sich ausdrücken, haben sich über die Zettel mit den Gemeinheiten totgelacht.»

«Nicht alle.»

«Außerdem ist es nicht gerechtfertigt, die Leute wegen einer Sache zu beunruhigen, die letzten Endes die Mühe gar nicht wert ist. Offen gesagt, Pater», schloß er heiter, «bis heute abend ist mir überhaupt nicht der Gedanke gekommen, daß diese Geschichte Sie und mich etwas anginge.»

Pater Angel verfiel in einen gutmütigen Ton. «In gewisser Hinsicht doch», entgegnete er und ging zu einer ausführlichen Begründung über. Sie enthielt schon etliche ausgereifte Abschnitte aus der Predigt, die er sich seit dem Mittagessen bei der Witwe de Asís am Tag zuvor in Gedanken zurechtzulegen begonnen hatte.

«Es handelt sich, wenn man so sagen darf», und er erreichte den Höhepunkt seiner Ausführungen, «um einen Fall von Terrorismus im Bereich der moralischen Ordnung.»

Der Bürgermeister lächelte unverhohlen. «Gut, gut», fiel er ihm beinahe ins Wort. «Es ist aber nicht nötig, die Zettelchen philosophisch auszulegen, Pater.» Er stellte die halbgeleerte Flasche auf den Tisch und lenkte ein, so gut er konnte: «Wenn Sie mir die Dinge als so wichtig hinstellen, muß man eben sehen, was zu machen ist.»

Pater Angel dankte ihm. Es sei keineswegs angenehm, so gab er zu verstehen, mit einer solchen Sorge am Sonntag auf die Kanzel zu steigen. Der Bürgermeister war bemüht, ihm das nachzufühlen, doch sah er, daß es schon sehr spät war und daß er den Pfarrer vom Schlafen abhielt.

Der Trommelwirbel wirkte wie ein Gespenst der Vergangenheit. Er setzte um zehn Uhr morgens vor dem Billardsaal ein und hielt die ganze Ortschaft in Spannung, bis die drei energischen Abschlußschläge ertönten und die Angst wieder um sich griff.

«Der Tod!» rief die Witwe de Montiel, als sie sah, wie sich Türen und Fenster öffneten und von allen Seiten die Leute zum Platz strömten. «Der Tod ist gekommen!»

Als sie sich vom ersten Schrecken erholt hatte, zog sie den Vorhang auf dem Balkon zurück und beobachtete den Polizisten, der sich inmitten des Getümmels anschickte, die Bekanntmachung zu verlesen.

Auf dem Platz war es vollkommen ruhig, zu ruhig für die Stimme des Ausrufers. Obwohl die Witwe mit höchster Aufmerksamkeit lauschte und sogar die Hand wie eine Muschel ans Ohr legte, vermochte sie kaum zwei Worte zu verstehen.

Niemand im Haus konnte ihr Auskunft geben. Die Bekanntmachung war mit dem gewohnten autoritären Ritus verlesen worden; eine neue Ordnung herrschte in der Welt, und die Witwe de Montiel fand keinen, der sie verstanden hätte. Die Köchin erschrak über ihre Blässe. «Was ist das für eine Bekanntmachung?»

«Das versuche ich gerade zu erfahren, aber niemand weiß etwas. Freilich», fügte die Witwe hinzu, «solange die Welt besteht, hat eine Bekanntmachung noch nie etwas Gutes gebracht.»

Die Köchin lief auf die Straße und kam mit Einzelheiten zurück. Ab sofort werde die Ausgangssperre wieder verhängt, und zwar so lange, bis die Ursachen beseitigt seien, die sie erforderlich gemacht haben. Niemand dürfe von acht Uhr abends bis fünf Uhr morgens auf die Straße, es sei denn mit einem vom Bürgermeister unterschriebenen und gestempelten Passierschein. Die Polizei habe Befehl, jeden, den sie auf der Straße antreffe, dreimal zum Stehenbleiben aufzufordern und bei Nichtbefolgung auf ihn zu schießen. Der Bürgermeister werde aus Zivilisten, die er selbst auswählen wolle, Patrouillen zusammenstellen, die gemeinsam mit der Polizei nachts Wache halten sollen.

Die Witwe de Montiel biß sich auf die Fingernägel und erkundigte sich nach den Gründen für diese Maßnahme.

«In der Bekanntmachung steht es nicht», berichtete die Köchin, «aber alle sagen: die Zettel.»

«Das hatte ich geahnt!» rief die Witwe bestürzt. «In diesem Ort geht der Tod um.»

Sie ließ Señor Carmichael rufen. Einem Zwang gehorchend, der tiefer wurzelte als ein bloßer Augenblicksimpuls, bat sie, man möge ihr den großen, mit Kupfernägeln beschlagenen Lederkoffer, den José Montiel für seine einzige Reise, ein Jahr vor seinem Tode, gekauft hatte, vom Lager holen und ins Schlafzimmer bringen. Sie nahm ein paar Kleider, Unterwäsche und Schuhe aus dem Schrank und legte alles in den Koffer. Allmählich breitete sich in ihr ein Gefühl absoluter Ruhe aus bei dem Gedanken, weit entfernt von diesem Ort und diesem Haus zu leben, ein

Zimmer mit Kamin und eine winzige Terrasse mit Majoranpflanzen zu haben, wo nur sie das Recht hätte, José Montiels zu gedenken, und wo ihre ganze Sorge darin bestünde, auf die Montagnachmittage zu warten, an denen sie Briefe ihrer Töchter lesen würde.

Sie hatte nur die unentbehrlichsten Dinge, das Lederetui mit den Scheren, das Heftpflaster und das Jodfläschchen, das Nähzeug und den Schuhkarton mit dem Rosenkranz und den Gebetbüchern eingepackt, und schon quälte sie der Gedanke, daß sie mehr Dinge mitnähme, als Gott ihr verzeihen könne. Sie zog einen Strumpf über den heiligen Raphael aus Gips, legte ihn sorgfältig zwischen die übrigen Sachen und schloß den Koffer ab.

Als Señor Carmichael kam, war sie in ihrer bescheidensten Kleidung. Als bedeute es ein Vorzeichen, trug Señor Carmichael an diesem Tage seinen Regenschirm nicht bei sich. Aber die Witwe bemerkte es nicht. Sie nahm aus ihrem Täschchen sämtliche Schlüssel des Hauses, jeder mit einem maschinegeschriebenen Pappschild, und übergab sie Señor Carmichael. «Ich lege die sündhafte Welt José Montiels in Ihre Hände», sagte sie. «Machen Sie damit, was Sie wollen.»

Señor Carmichael hatte diesen Augenblick schon lange kommen sehen. «Wollen Sie damit sagen», forschte er, «daß Sie sich irgendwohin zurückziehen möchten, bis das alles vorbei ist.»

Die Witwe erwiderte ruhig, aber entschieden: «Ich gehe für immer.»

Señor Carmichael ließ sich seine Bestürzung nicht anmerken und setzte ihr die Lage der Dinge umfassend auseinander. José Montiels Nachlaß sei nicht liquidiert worden. Viele Vermögenswerte, die er auf mancherlei Weise erworben habe, ohne genügend Zeit, um auch den Formalitäten Rechnung zu tragen, seien rechtlich nicht genügend gesichert. Solange man nicht Ordnung in dieses chaotische Vermögen bringe, von dem nicht einmal José Montiel selber in seinen letzten Lebensjahren eine annähernde Vorstellung gehabt habe, sei es unmöglich, den Nachlaß aufzulösen. Der älteste Sohn, der auf dem Konsulat in Deutschland war, und ihre zwei Töchter, die völlig im Banne des fieberhaften Pariser Nachtlebens standen, müßten zurückkehren oder Bevollmächtigte ernennen, um ihre Rechte geltend zu machen. Vordem könne nichts verkauft werden.

Dieser flüchtige Lichtstrahl in dem Labyrinth, in dem die Witwe de Montiel seit zwei Jahren umherirrte, konnte sie diesmal nicht erschüttern. «Das macht nichts», beharrte sie. «Meine Kinder sind in Europa glücklich und haben in diesem wilden Land, wie sie es nennen, nichts zu schaffen. Wenn Sie wollen, Señor Carmichael, packen Sie alles, was Sie in diesem Haus finden, zu einem großen Bündel zusammen und werfen Sie es den Schweinen vor.»

Señor Carmichael widersprach nicht. Unter dem Vorwand, daß auf jeden Fall einiges für die Reise vorbereitet werden müsse, ging er, um den Arzt zu holen.

«Jetzt werden wir ja sehen, Guardiola, wie weit es mit deinem Patriotismus her ist.»

Der Barbier und die Männer, die sich in seinem Laden unterhielten, erkannten den Bürgermeister, noch bevor er in der Tür erschien. «Und auch mit eurem», dabei wies er auf die zwei Jüngsten. «Heute abend bekommt ihr das Gewehr, das ihr euch so sehr gewünscht habt. Mal sehen, ob ihr so undankbar seid, es gegen uns zu kehren.» Der herzliche Ton, in dem er diese Worte sprach, war nicht zu verkennen.

«Ein Besen wäre besser», gab der Barbier zurück. «Wenn man auf Hexenjagd geht, ist ein Besen die beste Waffe.»

Er blickte ihn nicht einmal an. Er rasierte dem ersten Kunden dieses Tages den Nacken aus und nahm den Bürgermeister nicht ernst. Erst als dieser fragte, wer aus der Gruppe Reservist sei und mit einem Gewehr umzugehen verstehe, begriff er, daß er tatsächlich einer der Auserwählten war.

«Leutnant, stimmt es wirklich, daß Sie uns in diesen Schlamassel hineinziehen wollen?» erkundigte er sich.

«Verdammt noch mal!» rief der Bürgermeister. «Erst flüstern sie die ganze Zeit geheimnisvoll, sie wollen ein Gewehr haben, und jetzt, wo sie eins haben, können sie es nicht glauben.»

Er stellte sich hinter den Barbier und konnte im Spiegel die ganze Gruppe übersehen. «Im Ernst», sagte er in gebieterischem Ton, «heute abend um sechs haben sich die Reservisten der Gruppe Eins in der Polizeistation zu melden.»

Der Barbier fixierte ihn im Spiegel. «Und wenn ich Lungenentzündung kriege?» fragte er.

«Kurieren wir sie im Gefängnis», erwiderte der Bürgermeister.

Der Plattenspieler im Billardsaal leierte einen sentimentalen Bolero. Das Lókal war leer; auf einigen Tischen standen halbvolle Flaschen und Gläser.

«Jetzt», sagte Don Roque, als er den Bürgermeister eintreten sah, «jetzt ist die Schweinerei vollständig. Das Lokal muß um sieben geschlossen werden.»

Der Bürgermeister ging zum anderen Ende des Saales, wo sogar die Tische, an denen sonst Karten gespielt werden, verwaist standen. Er öffnete die Tür zum Abort, warf einen Blick in das Warenlager und kam dann zur Theke zurück. Im Vorbeigehen hob er unvermittelt die Schutzdecke des Billardtisches hoch und sagte: «Na, nun reißt euch mal zusammen.»

Zwei junge Burschen kamen unter dem Tisch hervorgekrochen und schüttelten sich den Staub von den Hosen. Einer war bleich, der andere, jüngere hatte rote Ohren. Der Bürgermeister schob sie sanft zum Eingang, zu den kleinen Tischen.

«Ihr wißt also», sagte er zu ihnen, «heute abend um sechs in der Polizeistation.»

Don Roque stand noch hinter der Theke. «Um aus diesem Schlamassel herauszukommen, werde ich zum Schmuggel übergehen müssen.»

«Es ist nur für zwei oder drei Tage», beschwichtigte der Bürgermeister.

An der Ecke holte ihn der Kinobesitzer ein. «Das hat mir gerade noch gefehlt!» rief er. «Erst die zwölf Glockenschläge und nun noch ein Trompetensignal.»

Der Bürgermeister klopfte ihm auf die Schulter und wollte weitergehen. «Ich enteigne Sie einfach», sagte er.

«Das können Sie nicht», erwiderte der Kinobesitzer. «Das Kino gehört nicht zu den öffentlichen Diensten.»

«Während des Ausnahmezustandes», betonte der Bürgermeister, «kann man sogar das Kino als zum öffentlichen Dienst gehörend erklären.»

Erst jetzt schwand das Lächeln aus seinem Gesicht. Er eilte, immer zwei Stufen nehmend, die Treppe zur Polizeistation hinauf. Im ersten Stock angekommen, breitete er die Arme aus, lachte und rief: «Mensch! Auch Sie?»

Auf einem Klappstuhl hockte in der lässigen Haltung eines orientalischen Monarchen der Zirkusdirektor. Er rauchte, in Gedanken versunken, eine Seemannspfeife. Als wäre er hier zu Hause, winkte er dem Bürgermeister, Platz zu nehmen. «Sprechen wir von Geschäften, Leutnant.»

Der Bürgermeister schob einen Stuhl heran und setzte sich ihm gegenüber. Der Zirkusdirektor hielt die Pfeife in seiner mit bunten Steinen geschmückten Hand und machte eine geheimnisvolle Geste. «Kann man ganz offen reden?»

Der Bürgermeister nickte.

«Ich wußte es, seit ich Sie beim Rasieren beobachtet habe», fuhr der Direktor fort. «Nun also: Ich, der ich Menschenkenntnis besitze, weiß genau, daß diese Ausgangssperre für Sie . . .»

Der Bürgermeister betrachtete ihn in der Absicht, die Sache als Spaß zu nehmen.

«Dagegen ist sie für mich, wo ich doch schon die Kosten für den Aufbau des Zeltes zu tragen hatte und siebzehn Menschen und neun Raubtiere ernähren muß, ganz einfach der Ruin.»

«Na und?»

«Ich schlage vor», erwiderte der Direktor, «daß Sie den Beginn der Ausgangssperre auf elf Uhr festlegen, und wir teilen uns die Einnahmen aus der Abendvorstellung.»

Der Bürgermeister lächelte noch immer, ohne seine Haltung auf dem Stuhl zu verändern. «Ich nehme an, es hat Sie nicht viel Mühe gekostet, im Ort jemanden zu finden, der Ihnen bestätigte, daß ich ein Gauner bin.»

«Es ist ein rechtmäßiges Geschäft», protestierte der Direktor.

Er konnte nicht genau sagen, wann sich das Lächeln des Bürgermeisters in tiefen Ernst verkehrt hatte.

«Wir wollen Montag weiter darüber sprechen», wich der Bürgermeister aus.

«Am Montag stecke ich bis an den Hals in Schulden», gab der Direktor zurück. «Wir sind sehr arm.»

Der Bürgermeister geleitete ihn zur Treppe, wobei er ihm freundschaftlich auf die Schulter klopfte. «Das können Sie mir doch nicht erzählen», sagte er. «Ich kenne das Geschäft.» An der Treppe angelangt, fügte er in beschwichtigendem Ton hinzu: «Schicken Sie mir heute abend Casandra.»

Der Direktor versuchte sich umzudrehen, doch die Hand auf seiner Schulter übte einen energischen Druck aus. «Selbstverständlich», erwiderte er, «das als Zugabe!»

«Schicken Sie sie mir», drängte der Bürgermeister, «und wir sprechen morgen noch einmal darüber.»

Señor Benjamín schob mit den Fingerspitzen die Drahtgittertür auf, ging aber nicht ins Haus. Leicht verärgert rief er: «Die Fenster, Nora!»

Nora de Jacob, eine stattliche Frau in mittleren Jahren mit einem Herrenhaarschnitt, ruhte im dämmerigen Salon vor dem elektrischen Ventilator. Sie erwartete Señor Benjamín zum Mittagessen. Als sie den Ruf vernahm, richtete sie sich schwerfällig auf und öffnete die vier auf die Straße gehenden Fenster. Sengende Hitze strömte in den Salon. Er war mit Fliesen ausgelegt, auf denen derselbe eckige Pfau unendlich oft wiederkehrte, und mit Möbeln ausgestattet, die geblümte Stoffbezüge hatten. Jede Einzelheit verriet ärmlichen Luxus.

«Was stimmt von dem, was die Leute reden?» erkundigte sie sich.

«Es wird viel geredet.»

Nora de Jacob erklärte sich deutlicher: «Über die Witwe de Montiel. Es heißt überall, sie sei verrückt geworden.»

«In meinen Augen ist sie schon seit langem verrückt», meinte Señor Benjamín und fügte ernüchternd hinzu: «Es stimmt: heute früh hat sie versucht, sich vom Balkon zu stürzen.»

An den beiden Schmalseiten des Tisches, der von der Straße aus in seiner ganzen Größe zu sehen war, stand je ein Gedeck. «Gottes strafende Hand», sagte Nora de Jacob und klatschte in die Hände, damit das Essen aufgetragen werde. Den elektrischen Ventilator nahm sie mit in das Eßzimmer.

«Seit heute morgen wimmelt das Haus von Leuten», berichtete Señor Benjamín.

«Eine gute Gelegenheit, es einmal von innen zu sehen», erwiderte Nora de Jacob.

Ein kleines Negermädchen, den Kopf voll roter Schleifen, trug die dampfende Suppe auf. Der Duft des Huhnes verbreitete sich im Eßzimmer, und die Temperatur wurde unerträglich. Señor Benjamín steckte sich die Serviette in den Kragen und sagte: «Guten Appetit!» Er versuchte den glühendheißen Löffel zum Munde zu führen.

«Puste doch, sei nicht so dumm», stieß sie ungeduldig hervor. «Außerdem mußt du das Jackett ausziehen. Deine Bedenken, das Haus bei geschlossenen Fenstern zu betreten, werden uns noch vor Hitze umkommen lassen.»

«Jetzt ist es noch notwendiger denn je», entgegnete er. «Niemand kann behaupten, er habe von der Straße aus nicht alle meine Bewegungen verfolgen können, solange ich in deinem Hause bin.»

Ihr prachtvolles Reklamelächeln legte ihr siegellackrotes Zahnfleisch bloß. «Mach dich doch nicht lächerlich!» rief sie. «Meinetwegen können sie sagen, was sie wollen.» Als sie endlich die Suppe essen konnte, sprach sie in Abständen weiter. «Mich würde allerdings schon eher bekümmern, wenn sie etwas über Mónica reden würden», schloß sie und meinte ihre fünfzehnjährige Tochter, die nicht einmal in den Ferien nach Hause gekommen war, seit sie zum erstenmal in die Internatsschule gefahren war. «Aber von mir können sie nicht mehr sagen, als was alle Welt schon weiß.»

Diesmal blickte Señor Benjamín sie nicht wie sonst mißbilligend an. Sie aßen schweigend die Suppe; der zwei Meter lange Tisch zwischen ihnen war der kürzeste Abstand, den er sich jemals gestattet hatte, vor allem in der Öffentlichkeit. Zwanzig Jahre früher, als sie die Internatsschule besuchte, schrieb er ihr lange, konventionelle Briefe, die sie mit leidenschaftlichen Billetts beantwortete. Einmal in den Ferien hatte sie der sinnlos betrunkene Néstor Jacob bei einem Spaziergang durch die Felder an den Haaren zum Rand der Koppel gezerrt und ihr unmißverständlich erklärt: «Wenn du mich nicht heiratest, schieße ich dich über den Haufen.» Am Ende der Ferien heirateten sie. Zehn Jahre später trennten sie sich.

«Immerhin», meinte Señor Benjamín; «es ist nicht nötig, durch verschlossene Türen die Einbildungskraft der Leute anzuregen.»

Nach dem Kaffee erhob er sich. «Ich gehe. Mina wird schon verzweifelt sein.» An der Tür setzte er den Hut auf und rief: «Dieses Haus ist der reinste Backofen!»

«Ich habe es dir ja gesagt», gab sie zurück.

Sie wartete, bis sie ihn am letzten Fenster mit einer segnenden Gebärde die Hand zum Abschied heben sah. Dann trug sie den Ventilator ins Schlafzimmer, schloß die Tür ab und zog sich ganz aus. Schließlich ging sie, wie stets nach dem Mittagessen, in das danebenliegende Badezimmer und setzte sich aufs Klosett, allein mit ihrem Geheimnis.

Viermal täglich sah sie Néstor Jacob am Haus vorübergehen. Alle wußten, daß er mit einer anderen Frau zusammenlebte, daß er mit ihr vier Kinder hatte, denen er ein musterhafter Vater war. In den letzten Jahren war er gelegentlich mit den Kindern an ihrem Haus vorbeigekommen, aber niemals mit der Frau. Sie hatte bemerkt, wie er abmagerte, alt und bleich wurde und sich in einen Fremden verwandelte, so daß sie ihre einstige Intimität nicht mehr begreifen konnte. Manchmal, in den einsamen Stunden während der Mittagsruhe hatte sie ihn von neuem brennend begehrt: nicht so, wie sie ihn am Haus vorbeikommen sah, sondern so, wie er in der Zeit vor Mónicas Geburt gewesen war, als sie ihre kurze und konventionelle Liebe als so überwältigend erlebt hatten.

Richter Arcadio schlief durch bis Mittag. Deshalb hörte er von der Bekanntmachung erst, als er in das Büro kam. Sein Sekretär dagegen war schon seit acht Uhr ganz aufgeregt: Der Bürgermeister hatte ihn gebeten, den Befehl abzufassen.

«Jedenfalls», überlegte Richter Arcadio, nachdem er Einzelheiten erfahren hatte, «ist der Wortlaut recht drastisch. Das war nicht nötig.»

«Es ist der gleiche Befehl wie sonst auch.»

«Stimmt», gab der Richter zu. «Aber es hat sich alles verändert, und deshalb muß sich auch die Formulierung ändern. Die Leute müssen sich ja fürchten.»

Doch konnte er später im Billardsaal beim Kartenspiel feststellen, daß nicht die Furcht das vorherrschende Gefühl war. Vielmehr lag eine Siegesstimmung in der Luft, weil sich bestätigte, was alle schon längst im Innern gespürt hatten: Es hatte sich eben doch nichts verändert. Als Richter Arcadio den Billardsaal verließ, konnte er dem Bürgermeister nicht mehr ausweichen.

«Die Zettel hatten also keine Wirkung», stellte er fest. «Die Leute sind glücklich.»

Der Bürgermeister nahm ihn beim Arm. «Es wird ja nichts gegen die Leute unternommen. Es ist eine reine Routinesache.»

Diese Gespräche, die auf der Straße geführt wurden, brachten Richter Arcadio zur Verzweiflung. Der Bürgermeister schritt energisch aus, als hätte er dringende Angelegenheiten zu erledigen, und erst, nachdem sie lange Zeit gelaufen waren, merkte der Richter, daß er kein bestimmtes Ziel hatte.

«Das wird keine Ewigkeit dauern», fuhr der Bürgermeister fort. «Bis Sonntag haben wir den Witzbold mit seinen Zetteln im Käfig. Ich weiß nicht warum, aber mir ist so, als sei es eine Frau.»

Richter Arcadio glaubte das nicht. Auch wenn er die Berichte seines Sekretärs nur sehr oberflächlich zur Kenntnis nahm, war er doch zu einer allgemeinen Schlußfolgerung gelangt: Die Zettel mit den Gemeinheiten waren nicht das Werk einer einzelnen Person. Sie schienen nach keinem festen Plan verbreitet zu werden. In den letzten Tagen tauchten einige in einer neuen Gestalt auf: es waren Zeichnungen.

«Womöglich ist es weder ein bestimmter Mann noch eine bestimmte Frau», schloß der Richter Arcadio. «Womöglich sind es verschiedene Männer und verschiedene Frauen, und jeder handelt auf eigene Faust.»

«Machen Sie mir die Geschichte nicht noch komplizierter, Richter», sagte der Bürgermeister. «Sie sollten wissen, daß bei jeder unsauberen Geschichte, selbst wenn viele Personen die Hand im Spiel haben, immer einer der Schuldige ist.»

«Das hat Aristoteles gesagt, Leutnant», stellte Richter Arcadio fest und fügte überzeugt hinzu: «Jedenfalls finde ich die Maßnahme etwas unüberlegt. Wer die Zettel anbringen will, wird einfach warten, bis die Ausgangssperre vorüber ist.»

«Macht nichts, das Autoritätsprinzip muß doch gewahrt werden.»

Die Reservisten trafen nach und nach in der Polizeistation ein. Der kleine Hof mit den hohen, von getrocknetem Blut und Kugeleinschlägen gezeichneten Betonmauern erinnerte an die Zeiten, als die Zellen nicht ausreichten und die Gefangenen unter freiem Himmel lagen. An diesem Nachmittag schlenderten die Polizisten ohne Waffen und in Unterhosen durch die Gänge.

«Rovira», rief der Bürgermeister von der Tür her. «Bringe diesen Burschen etwas zu trinken.»

Der Polizist kleidete sich langsam an. «Rum?» fragte er.

«Sei doch kein Idiot!» schrie der Bürgermeister auf dem Wege in sein kugelsicheres Arbeitszimmer. «Etwas Eisgekühltes, natürlich.»

Die Reservisten saßen rauchend in dem kleinen Hof. Richter Arcadio sah von der Balkonbrüstung des zweiten Stockwerks auf sie herab. «Sind das Freiwillige?»

«Stellen Sie sich vor, ich mußte sie unter den Betten vorholen, als sollten sie eingezogen werden», berichtete der Bürgermeister.

Der Richter fand kein einziges unbekanntes Gesicht. «Na, die sehen aus, als hätte die Opposition sie zusammengestellt.»

Als sie die schweren Stahltüren öffneten, drang ihnen aus dem Arbeitszimmer ein eiskalter Hauch entgegen.

«Das bedeutet, daß sie gute Kämpfer sind», lächelte der Bürgermeister, nachdem er in seiner Privatfestung Licht gemacht hatte. In einer Ecke stand ein Feldbett, auf einem Stuhl eine Karaffe mit einem Glas und unter dem Bett ein Nachtgeschirr. An den kahlen Betonwänden lehnten Gewehre und Maschinenpistolen. Die einzige Lüftung des Raumes besorgten die schmalen, hohen Luken, von denen aus man den Hafen und die zwei Hauptstraßen überblicken konnte. Am anderen Ende stand der Schreibtisch neben dem Panzerschrank.

Der Bürgermeister stellte die Kombination ein. «Und das ist noch gar nichts; ich will ihnen sogar Gewehre geben.»

Hinter ihnen trat der Polizist ein. Der Bürgermeister reichte ihm ein paar Geldscheine und fügte hinzu: «Bringen Sie auch für jeden zwei Päckchen Zigaretten mit.»

Als sie wieder allein waren, wandte er sich an Richter Arcadio. «Was sagen Sie zu der Geschichte?»

Der Richter erwiderte nachdenklich: «Ein unnötiges Risiko.»

«Die Leute werden das Maul aufsperren», meinte der Bürgermeister. «Außerdem scheint mir, diese armen Jungen werden gar nicht wissen, was sie mit den Gewehren anfangen sollen.»

«Vielleicht sind sie verwirrt», gab der Richter zu. «Aber so etwas hält nicht lange an.» Er bemühte sich angestrengt, ein flaues Gefühl im Magen loszuwerden. «Seien Sie vorsichtig, Leutnant», warnte er, «damit Sie nicht alles verderben!»

Der Bürgermeister zog ihn mit geheimnisvoller Miene aus dem Arbeitszimmer. «Seien Sie doch kein Schlappschwanz, Richter», flüsterte er ihm ins Ohr. «Die kriegen doch nur Platzpatronen.»

Als sie in den Hof kamen, brannte schon Licht. Unter schmutzigen elektrischen Glühlampen, gegen die große Schmeißfliegen prallten, tranken die Reservisten ihre Limonade. Der Bürgermeister schritt über den Hof, auf dem noch einige Regenpfützen standen, und erklärte den Reservisten in väterlichem Ton, was sie in dieser Nacht zu tun hätten: Sie würden paarweise an den wichtigsten Ecken postiert, mit dem Befehl, auf jede Person, Mann oder Frau, zu schießen, die nach dreimaligem Anruf nicht stehenbleibe. Er forderte von ihnen Umsicht und Tapferkeit. Nach Mitternacht bekämen sie zu essen. Der Bürgermeister gab seiner Hoffnung Ausdruck, daß mit Gottes Hilfe alles ohne Zwischenfälle verlaufen und der Ort diesen Vertrauensbeweis seitens der Behörde zu würdigen wissen werde.

Als es vom Turm acht zu schlagen begann, stand Pater Angel vom Tisch auf. Er schaltete die Hoflampe aus, legte den Riegel vor und schlug über dem Brevier das Kreuz. «In Gottes Namen.» Fern, in einem Hof sang eine Rohrdommel.

Die Witwe de Asís lag auf dem kühlen Gang, in der Nähe der mit dunklen Tüchern verhangenen Vogelbauer im Halbschlaf. Als sie den zweiten Glockenschlag vernahm, fragte sie mit geschlossenen Augen: «Ist Roberto schon zu Hause?» Eine Dienerin, die an der Tür kauerte, erwiderte, er sei um sieben Uhr zu Bett gegangen.

Kurz zuvor hatte Nora de Jacob das Radio leiser gestellt und berauschte sich an einer zarten Musik, die von einem behaglichen und sauberen Ort herzukommen schien. Eine Stimme, die durch die Entfernung unwirklich erschien, rief am Horizont einen Namen, Hunde begannen zu bellen.

Der Zahnarzt hatte die Nachrichten nicht zu Ende gehört. Ihm war eingefallen, daß Angela unter der Hoflampe ein Kreuzworträtsel löste; ohne sie anzusehen, rief er ihr zu: «Schließe das Tor ab und löse das Rätsel im Zimmer weiter.» Seine Frau schreckte aus ihrem Schlummer auf.

Roberto Asís, der wirklich um sieben zu Bett gegangen war, stand auf und blickte durch das halbgeöffnete Fenster auf den Platz hinaus. Er sah nur die dunklen Mandelbäume und das einsame Licht, das in diesem Moment auf dem Balkon der Witwe de Montiel erlosch. Seine Frau zündete das Nachtlicht an, und mit flüsternder Stimme veranlaßte sie ihn, sich hinzulegen. Ein einzelner Hund bellte noch, nachdem der fünfte Glockenschlag verhallt war.

In der stickigen Kammer voll leerer Flaschen und staubiger Dosen schnarchte Don Lalo Moscote, die Zeitung auf dem Bauch und die Brille auf der Stirn. Seine gelähmte Frau erschauerte, wenn sie an ebensolche Nächte der Vergangenheit zurückdachte; sie verjagte mit einem Lappen die Moskitos und zählte in Gedanken die Stundenschläge mit. Nach den fernen Rufen, dem Hundegebell und dem verstohlenen Hinundhergerenne trat jetzt tiefe Stille ein.

«Achte darauf, daß Coramin drin ist», sagte Doktor Giraldo zu seiner Frau, die vor dem Schlafengehen Medikamente für die erste Hilfe in der Arzttasche verstaute. Beide dachten an die Witwe de Montiel, die nach der letzten Dosis Luminal wie eine Tote schlief.

Nur Don Sabas hatte nach einer langen Unterhaltung mit Señor Carmichael jedes Zeitgefühl verloren. Er war noch im Büro, wo er auf der Briefwaage das Frühstück für den nächsten Morgen abwog, als der siebente Glockenschlag erklang und seine Frau mit zerzaustem Haar aus dem Schlafzimmer trat.

Der Fluß schien in seinem Lauf zu stocken. «In einer solchen Nacht», murmelte jemand im Dunkeln, gerade als der achte Glockenschlag ertönte und unwiderruflich verhallte; etwas, das erst vor fünfzehn Sekunden zu glimmen begonnen hatte, erstarb nun vollständig.

Doktor Giraldo klappte sein Buch zu und wartete, bis das Trompetensignal, das den Beginn der Ausgangssperre verkündete, verklungen war. Seine Frau stellte die Arzttasche auf den Nachttisch, drehte sich mit dem Gesicht zur Wand und löschte ihre Lampe. Der Arzt schlug das Buch auf, las aber nicht. Beide atmeten ruhig, sie waren allein in einer Ortschaft, deren erdrückende Stille auf die Dimensionen des Schlafgemachs reduziert worden war.

«Woran denkst du?»

«An nichts», antwortete der Arzt.

Es war bereits elf Uhr, aber er hatte sich nicht mehr konzentrieren können. Er blätterte darum zu der Seite zurück, die er gerade gelesen hatte, als es acht schlug, knickte eine Ecke des Blattes und legte das Buch auf den Nachttisch. Seine Frau schlief. Früher hatten sie beide bis zum Morgengrauen wach gelegen und versucht, Ort und Begleitumstände der Schüsse zu bestimmen. Mehrmals war das Stampfen der Stiefel und der Lärm der Waffen bis vor ihre Haustür gekommen, und beide waren, aufrecht im Bett sitzend, auf den Kugelhagel gefaßt gewesen, unter dem die Tür zersplittern würde. Als sie dann gelernt hatten, die unendlichen Schattierungen des Schreckens zu unterscheiden, durchwachten sie viele Nächte, den Kopf auf dem Kissen, in dem die zur Verteilung bestimmten illegalen Flugblätter steckten. Einmal, im Morgengrauen, hörten sie an der Tür zum Sprechzimmer die geheimnisvollen Vorbereitungen, die einem nächtlichen Ständchen vorausgehen, und dann die müde Stimme des Bürgermeisters: «Dort nicht. Der läßt sich auf nichts ein.»

Doktor Giraldo löschte die Lampe und versuchte zu schlafen.

Nach Mitternacht setzte feiner Regen ein. Der Friseur und ein zweiter Reservist, die an der Ecke des Hafens postiert waren, verließen ihren Standort und stellten sich unter das Dach von Señor Benjamíns Laden. Der Friseur steckte sich eine Zigarette an und untersuchte beim Schein des Streichholzes das Gewehr. Es war eine neue Waffe. «Made in USA», stellte er fest.

Sein Gefährte zündete mehrere Streichhölzer an, um nach der Marke seines Karabiners zu suchen, konnte sie aber nicht finden. Vom Dach fiel ein Tropfen auf den Gewehrkolben und ließ eine kleine Blase entstehen. «So was Verrücktes», murmelte er und wischte sie mit dem Ärmel weg. «Da stehen wir nun, jeder mit einem Gewehr, und werden naß.» Im Ort, der in völliger Dunkelheit lag, war kein anderes Geräusch zu vernehmen als das Trommeln des Regens auf dem Dach.

«Wir sind neun», sagte der Friseur. «Sie sind sieben, wenn man den Bürgermeister mitzählt; aber drei sind in der Polizeistation eingesperrt.»

«Gerade vorhin habe ich dasselbe gedacht», erwiderte der andere.

Die Taschenlampe des Bürgermeisters entriß sie jäh dem Dunkel: Man sah, wie sie an der Wand kauerten und die Waffen vor den Tropfen zu schützen versuchten, die auf ihren Schuhen wie Schrotkugeln zerplatzten. Sie erkannten ihn, als er die Lampe ausknipste und unter das Dach trat. Er trug einen Soldatenmantel und hatte sich eine Maschinenpistole über den Rücken gehängt. Ein Polizist begleitete ihn. Er blickte auf die Uhr an seinem rechten Arm und befahl dem Polizisten: «Gehen Sie zur Polizeistation und sehen Sie nach, was mit der Verpflegung los ist.»

Mit dem gleichen Nachdruck hätte er einen Kampfbefehl erteilen können. Der Polizist verschwand im Regen. Nun hockte sich der Bürgermeister ebenfalls auf die Erde. «Was gibt's?» fragte er.

«Nichts», erwiderte der Friseur.

Der andere bot dem Bürgermeister eine Zigarette an und steckte sich dann selbst eine an. Der Bürgermeister lehnte ab.

«Wie lange sollen wir das mitmachen, Leutnant?»

«Ich weiß nicht», antwortete der Bürgermeister. «Vorläufig, bis die Ausgangssperre vorüber ist. Wir werden ja sehen, was sich morgen tut.»

«Bis fünf Uhr!» rief der Friseur.

«Stell dir vor», stöhnte der andere. «Wo ich doch schon seit vier Uhr früh auf den Beinen bin.»

Durch das Rauschen des Regens drangen die wütenden Laute einer sich raufenden Hundemeute zu ihnen. Der Bürgermeister wartete, bis sich der Lärm gelegt hatte und nur noch vereinzeltes Bellen zu hören war; dann wandte er sich niedergeschlagen an den Reservisten: «Mir sagen Sie das, wo ich mich schon eine halbe Ewigkeit mit diesem Blödsinn herumschlage. Ich falle um vor Müdigkeit.»

«Noch dazu um nichts und wieder nichts», meinte der Friseur. «Das hat doch weder Hand noch Fuß. Es sieht ganz wie eine Weibersache aus.»

«Langsam glaube ich es selber», seufzte der Bürgermeister.

Der Polizist kehrte zurück und berichtete, daß man mit der Essenausgabe warten wolle, bis der Regen nachgelassen habe. Er überbrachte noch eine andere Meldung: Eine Frau ohne Passierschein sei festgenommen worden und warte nun in der Polizeistation auf den Bürgermeister.

Es war Casandra. In dem kleinen, von der schwachen Balkonlampe nur spärlich erhellten Raum schlief sie, in einen Wachstuchumhang gehüllt, auf dem Klappstuhl. Der Bürgermeister hielt ihr mit Daumen und Zeigefinger die Nase zu. Sie stieß einen Klagelaut aus, fuhr in jähem Entsetzen hoch und öffnete die Augen. «Ich habe geträumt», sagte sie.

Der Bürgermeister knipste das Licht im Raum an. Die Frau legte schützend die Hand vor die Augen und lehnte sich zimperlich zurück; einen Moment berührte es ihn peinlich, als er ihre silberlackierten Fingernägel und ihre ausrasierte Achselhöhle sah.

«Du bist ziemlich unverschämt», warf sie ihm vor. «Seit elf bin ich hier.»

«Ich dachte, du würdest in mein Zimmer kommen», entschuldigte sich der Bürgermeister.

«Ich hatte ja keinen Passierschein.»

Ihr Haar, das vor zwei Tagen noch kupferfarben gewesen war, schimmerte jetzt silbergrau.

«Ich habe nicht daran gedacht», lächelte der Bürgermeister, hängte seinen Wettermantel auf und nahm auf einem Stuhl neben ihr Platz. «Die werden hoffentlich nicht geglaubt haben, daß du diejenige bist, die die Zettelchen anbringt.»

Die Frau hatte ihre ungezwungene Art wiedergefunden. «Hoffentlich doch», gab sie zurück. «Ich liebe starke Erregungen.»

Plötzlich wirkte der Bürgermeister in dem Zimmer wie verloren. Er ließ die Fingergelenke knacken und murmelte mit hilfloser Miene: «Du mußt mir einen Gefallen tun.» Sie blickte ihn forschend an. «Unter uns gesagt», fuhr er fort, «ich möchte, daß du die Karten legst, vielleicht kriegt man damit heraus, wer diese Schweinereien fabriziert.»

Sie wandte das Gesicht ab. «Ich verstehe», sagte sie nach einer kurzen Pause.

Der Bürgermeister drängte: «Ich tue es ja vor allem für euch.»

Sie nickte. «Ich habe es schon gemacht», gestand sie.

Der Bürgermeister konnte kaum seine ängstliche Spannung verbergen.

«Es ist sehr sonderbar», fuhr Casandra bewußt theatralisch fort. «Die Zeichen waren so klar und deutlich, daß ich Furcht bekam, als sie vor mir auf dem Tisch lagen.» Sogar ihre Atemzüge waren Berechnung.

«Wer ist es?»

«Es ist der ganze Ort, und es ist niemand.»

Die Söhne der Witwe de Asís kamen am Sonntag zur Messe. Sie waren sieben, Roberto Asís nicht mitgerechnet. Alle waren vom gleichen Schlag: Massig und ungeschlacht und zu schwerer Arbeit geboren wie die

Maultiere, waren sie der Mutter in blindem Gehorsam ergeben. Roberto Asís, der jüngste und als einziger verheiratet, hatte mit seinen Brüdern nur die Verdickung im Nasenbein gemeinsam. Mit seiner zarten Gesundheit und seinen höflichen Manieren war er für die Witwe de Asís eine Art Trostpreis für die Tochter, die sie sich vergeblich gewünscht hatte.

In der Küche, wo die sieben Asís die Lasttiere abgeladen hatten, schritt die Witwe zwischen Hühnern mit zusammengebundenen Füßen, Gemüse, Käse, dunklen Landbroten und Fässern mit Pökelfleisch hin und her und gab den Dienerinnen Anweisungen. Als in der Küche wieder Ordnung war, ließ sie von allem das Beste für Pater Angel auswählen.

Der Pfarrer rasierte sich gerade. Hin und wieder hielt er die Hand zum Fenster hinaus in den Hof und befeuchtete sich das Kinn mit Regenwasser. Er war fast fertig, als zwei barfüßige Mädchen die Tür aufstießen, ohne anzuklopfen, und mehrere reife Ananasfrüchte, einige Bananenbündel, Landbrote, Käse und einen Korb mit Gemüse und frischen Eiern vor ihm ausbreiteten.

Pater Angel zwinkerte ihnen mit einem Auge zu. «Das ist ja wie im Schlaraffenland», sagte er.

Das kleinere der beiden Mädchen starrte ihn an und wies mit dem Zeigefinger auf ihn. «Ein Pater rasiert sich auch!»

Die andere schob sie zur Tür.

«Was dachtest du denn?» lächelte der Pfarrer und fügte ernst hinzu: «Wir sind auch nur Menschen.» Dann betrachtete er die auf dem Boden liegenden Lebensmittel; und es stand für ihn fest: Nur das Haus Asís war solcher Großzügigkeit fähig.

«Sagt den Burschen», rief er ihnen nach, «Gott werde es ihnen mit Gesundheit lohnen.»

Pater Angel hatte in den vierzig Jahren, in denen er das Amt eines Priesters ausübte, noch nicht gelernt, der Unruhe, die er vor heiligen Handlungen empfand, Herr zu werden. Obwohl er noch nicht fertig war mit Rasieren, legte er das Rasierzeug fort, hob die Lebensmittel vom Boden auf, verstaute alles unter dem Weinschrank und wischte sich dann, schon auf dem Weg zur Sakristei, die Hände an der Soutane ab.

Die Kirche war voll. Die Brüder Asís saßen, mit Mutter und Schwägerin, neben der Kanzel auf zwei Bänken, die sie selbst gestiftet hatten, mit Kupferschildern, in die ihre Namen eingraviert waren. Als sie, zum erstenmal seit mehreren Monaten wieder vollzählig, das Gotteshaus betraten, klang es, als kämen sie zu Pferde. Christóbal Asís, der Älteste, war erst eine halbe Stunde zuvor von der Weide heimgekehrt und hatte keine Zeit mehr zum Rasieren gehabt; er trug noch Reitstiefel und Sporen. Der Anblick dieses Riesen von einem Bergbewohner schien der allgemein verbreiteten, doch nie bestätigten Überzeugung, daß César Montero ein unehelicher Sohn des alten Adalberto Asís sei, von neuem Gewicht zu geben.

Pater Angel hatte in der Sakristei Ärger: Der liturgische Ornat war nicht an seinem Platz. Als der Meßgehilfe kam, überraschte er den außer Fassung geratenen Pater, wie er die Schubladen durchwühlte und dabei, in düsteren Worten, mit sich selbst ein Streitgespräch führte.

«Rufe Trinidad», befahl ihm der Pater, «und frage sie, wo sie die Stola hingelegt hat.»

Er hatte vergessen, daß Trinidad seit Sonnabend krank war. Wahrscheinlich habe sie einige Sachen zum Ausbessern mitgenommen, vermutete der Meßgehilfe. Deshalb legte Pater Angel den für Seelenmessen bestimmten Ornat an. Es gelang ihm nicht, sich zu konzentrieren. Als er, ungeduldig und noch immer erregt atmend, die Kanzel bestieg, wußte er plötzlich, daß die in den vergangenen Tagen herangereiften Argumente jetzt nicht mehr die gleiche Überzeugungskraft besitzen würden wie in der Einsamkeit seines Zimmers.

Er sprach zehn Minuten lang. Er stolperte über seine Worte und fühlte sich von einer Unmenge von Gedanken bedrängt, die nicht in die vorgesehenen Formen paßten. Da entdeckte er die Witwe de Asís inmitten ihrer Söhne. Es war, als hätte er sie Jahrhunderte später auf einem verblichenen Familienfoto wiedererkannt. Nur Rebeca de Asís, die ihrer prächtigen Brust mit einem Sandelholzfächer Kühlung verschaffte, schien ihm wirklich und lebensnah. Pater Angel beendete seine Predigt, ohne die Zettel direkt erwähnt zu haben.

Die Witwe de Asís saß minutenlang wie erstarrt und streifte leicht verärgert ihren Ehering ab und steckte ihn wieder auf, während die Messe ihren Lauf nahm. Dann bekreuzigte sie sich, stand auf und verließ die Kirche durch den Mittelgang, und hinter ihr stampften mit schweren Schritten ihre Söhne hinaus.

An einem Morgen wie diesem hatte Doktor Giraldo die geheimen Triebkräfte des Selbstmordes erkannt. Es regnete lautlos, im Nebenhaus sang eine Amsel, und seine Frau sprach, während er sich die Zähne putzte.

«Die Sonntage sind eigenartig», bemerkte sie, als sie den Frühstückstisch deckte. «Es ist, als hinge man sie gevierteilt auf. Sie riechen nach frischgeschlachteten Tieren.»

Der Arzt setzte den Apparat zusammen und begann sich zu rasieren. Seine Augen unter den geschwollenen Lidern glänzten feucht.

«Du schläfst schlecht», stellte seine Frau fest und fügte mit leiser Bitterkeit hinzu: «Eines Sonntags wachst du auf und bist alt.» Sie trug einen fadenscheinigen Morgenrock und hatte den Kopf voller Lockenwickler.

«Tu mir einen Gefallen und sei still», bat er.

Sie ging in die Küche, stellte den Topf auf den Herd und wartete, daß der Kaffee kochte, während sie dem Gesang der Amsel lauschte; und einen Augenblick später hörte sie das Rauschen der Dusche. Da ging sie ins Zimmer und legte ihrem Mann die Kleidung zurecht, damit er sie griffbereit fände, sobald er aus dem Bad käme. Als sie das Frühstück auftrug, war er schon fertig zum Ausgehen; in den Khakihosen und dem Sporthemd schien er ihr etwas jugendlicher.

Sie frühstückten schweigend. Gegen Ende der Mahlzeit musterte er sie mit liebevoller Aufmerksamkeit. Sie trank ihren Kaffee mit gesenktem Kopf, noch immer leicht zitternd vor Groll.

«Das macht die Leber», entschuldigte er sich.

«Nichts kann Hochmut rechtfertigen», gab sie zurück, ohne den Kopf zu heben.

«Ich habe wahrscheinlich eine Vergiftung», fuhr er fort. «Bei diesem Regen wird die Leber träge.»

«Immer sagst du dasselbe», warf sie ihm vor, «aber du tust nie etwas dagegen. Wenn du nicht aufpaßt, wirst du dich selber als hoffnungsloser Fall aufgeben müssen.»

Er glaubte es offenbar auch. «Im Dezember werden wir schon zwei Wochen auf See sein.» Durch die Rhomben des Holzgitters, welches das Eßzimmer von dem in der unveränderlich trüben Oktoberstimmung so trostlos wirkenden Hof trennte, blickte er in den Regen und fügte hinzu: «Dann gibt es, zumindest vier Monate lang, keine solchen Sonntage mehr.»

Sie stellte die Teller zusammen und trug sie in die Küche. Als sie ins Eßzimmer zurückkam, hatte er schon den Strohhut auf und packte die Arzttasche.

«Also die Witwe de Asís hat wieder einmal das Gotteshaus verlassen», sagte er.

Seine Frau hatte es ihm vor dem Zähneputzen erzählt, aber er war nicht darauf eingegangen.

«Das ist wohl das dritte Mal in diesem Jahr», bestätigte sie. «Offenbar hat sie nichts Besseres zu ihrer Unterhaltung.»

Der Arzt zeigte ein auffallend regelmäßiges Gebiß. «Diese Reichen sind verrückt.»

Mehrere Frauen waren auf dem Heimweg von der Kirche bei der Witwe de Montiel vorbeigegangen. Der Arzt begrüßte sie im Salon. Unterdrücktes Lachen folgte ihm bis zum Treppenabsatz. Noch bevor er anklopfte, merkte er, daß auch im Schlafzimmer Frauen waren. Jemand rief ihn herein.

Die Witwe de Montiel saß mit aufgelöstem Haar im Bett und hielt mit der Hand das Laken an die Brust gepreßt. Sie hatte einen Spiegel und einen Hornkamm auf dem Schoß liegen.

«Sie wollen also auch zur Feier gehen», wandte sich der Arzt an sie.

«Sie feiert schon seit fünfzehn Jahren», erklärte eine der Frauen.

«Achtzehn», berichtigte die Witwe de Montiel mit traurigem Lächeln. Sie legte sich wieder und deckte sich bis zum Hals zu. «Übrigens», fügte sie heiter hinzu, «kein einziger Mann ist eingeladen. Und Sie am allerwenigsten, Doktor; das bringt Unglück.»

Der Arzt legte den nassen Hut auf die Kommode. «Sie haben recht», sagte er und betrachtete die Kranke mit nachdenklicher Zufriedenheit.

«Ich stelle gerade fest, daß hier für mich nichts zu tun ist.» Dann wandte er sich entschuldigend an die Frauen: «Gestatten Sie?»

Als die Witwe de Montiel mit ihm allein war, hatte sie wieder den kummervollen Ausdruck der Kranken. Doch der Arzt schien es nicht zu bemerken. Er fuhr in demselben scherzenden Ton fort, holte dabei verschiedene Gegenstände aus der Arzttasche und legte sie auf den Nachttisch.

«Bitte, Doktor», bat die Witwe, «keine Spritzen mehr. Ich bin schon durchlöchert wie ein Sieb.»

«Die Spritzen», lächelte der Arzt, «sind die beste Erfindung, um die Ärzte zu ernähren.»

Auch sie lächelte. «Glauben Sie mir», sie tastete durch die Decken hindurch ihr Gesäß ab, «das ist alles wund. Ich darf es gar nicht berühren.»

«Nun, so berühren Sie es eben nicht», versetzte der Arzt.

Jetzt lächelte sie unverhohlen. «Seien Sie wenigstens sonntags ernst, Doktor.»

Der Arzt entblößte ihren Arm, um den Blutdruck zu messen. «Der Arzt hat es mir verboten», sagte er. «Es sei nicht gut für die Leber.»

Während er den Blutdruck maß, beobachtete die Witwe mit kindlicher Neugier die Skala des Gerätes. «Das ist die seltsamste Uhr, die ich in meinem Leben gesehen habe», meinte sie.

Solange der Arzt auf den Gummiball drückte, konzentrierte sich sein Blick auf den Zeiger. «Es ist die einzige, die exakt angibt, wann man aufstehen kann.»

Als er die Gummischläuche des Blutdruckmeßgerätes wieder zusammenrollte, musterte er das Gesicht der Patientin. Er stellte ein Fläschchen mit weißen Pillen auf den Nachttisch und ordnete an, alle zwölf Stunden davon eine einzunehmen. «Wenn Sie keine Spritzen mehr wollen, gibt es eben keine Spritzen mehr», sagte er. «Ihnen geht es besser als mir.»

Die Witwe winkte ungeduldig ab. «Mir hat nie etwas gefehlt.»

«Freilich», gab der Arzt zurück, «aber man mußte ja irgend etwas erfinden, um die Rechnung zu rechtfertigen.»

Die Witwe fragte ausweichend: «Muß ich immer noch im Bett bleiben?»

«Im Gegenteil», antwortete der Arzt, «ich verbiete es Ihnen ausdrücklich. Gehen Sie in den Salon hinunter und widmen Sie sich Ihrem Besuch, wie es sich gehört. Außerdem», fügte er mit boshafter Stimme hinzu, «gibt es viel zu besprechen.»

«Um Himmels willen, Doktor», rief sie aus. «Werden Sie nur nicht anzüglich. Wahrscheinlich sind Sie es, der diese Zettel anbringt.»

Doktor Giraldo lachte über den Einfall. Beim Hinausgehen warf er einen verstohlenen Blick auf den großen Lederkoffer mit den kupfernen Nägeln, der reisefertig in einer Ecke des Schlafzimmers stand. «Und bringen Sie mir etwas mit, wenn Sie von Ihrer Weltreise zurückkommen!» rief er von der Tür aus.

Die Witwe hatte das mühselige Werk, sich die Haare zu strähnen, wieder aufgenommen. «Selbstverständlich, Doktor»,

Sie ging nicht in den Salon hinab, sondern blieb im Bett, bis der letzte Besuch fort war. Dann kleidete sie sich an. Als Señor Carmichael kam, saß sie vor der halboffenen Balkontür und aß.

Sie erwiderte seinen Gruß, wandte jedoch den Blick nicht von der Balkontür. «Im Grunde», bemerkte sie, «gefällt mir diese Frau: sie ist tapfer.» Auch Señor Carmichael blickte zum Haus der Witwe de Asís hinüber, dessen Türen und Fenster sich um elf nicht geöffnet hatten.

«Es liegt in ihrer Natur», meinte er. «Bei einer Körperbeschaffenheit wie der ihren – sie hat ja nur Jungen geboren – kann man wohl nicht anders sein.» Er wandte sich der Witwe de Montiel zu und fuhr fort: «Und Sie selbst blühen auch wie eine Rose.»

Sie schien es durch ihr frisches Lächeln zu bestätigen. «Wissen Sie was?» fragte sie. Und da Señor Carmichael sie verständnislos ansah, antwortete sie gleich selbst: «Doktor Giraldo ist überzeugt, daß ich verrückt bin.»

«Was Sie nicht sagen!»

Die Witwe nickte. «Es würde mich gar nicht wundern», fuhr sie fort, «wenn er schon mit Ihnen besprochen hätte, auf welche Weise man mich ins Irrenhaus bringen kann.»

Señor Carmichael wußte nicht, wie er sich aus der Verlegenheit herauswinden sollte. «Ich bin den ganzen Vormittag nicht aus dem Haus gegangen», sagte er.

Er ließ sich in den weichen Ledersessel neben dem Bett fallen. Die Witwe erinnerte sich, wie José Montiel in diesem Sessel gelehnt hatte, fünfzehn Minuten vor seinem Tode, von einem Gehirnschlag wie vom Blitz gefällt. «Wenn es so ist», sie schüttelte die böse Erinnerung von sich, «lasse ich ihn vielleicht heute nachmittag rufen.» Und mit strahlendem Lächeln wechselte sie das Thema: «Haben Sie mit meinem Paten, Don Sabas, gesprochen?»

Señor Carmichael bejahte mit einer Kopfbewegung.

Tatsächlich hatte er am Freitag und am Sonnabend bei Don Sabas vorgefühlt, um herauszubekommen, wie dieser reagieren würde, falls José Montiels Nachlaß zum Verkauf angeboten werden würde. Don Sabas – so meinte Señor Carmichael – schien einem Kauf nicht abgeneigt zu sein. Die Witwe hörte ohne ein Zeichen der Ungeduld zu. Wenn nicht am nächsten Mittwoch, dann eben am übernächsten, räumte sie ruhig, aber entschlossen ein. Auf jeden Fall wolle sie den Ort noch vor Ende Oktober verlassen.

Mit einer blitzschnellen Bewegung der linken Hand zog der Bürgermeister den Revolver. Schußbereit und alle Muskeln seines Körpers gespannt, erwachte er nun völlig. Da erkannte er Richter Arcadio.

«Verdammt!»

Richter Arcadio stand wie erstarrt.

«Machen Sie den Quatsch nicht noch einmal», drohte der Bürgermeister und steckte den Revolver ein. Er sank auf seinen Stuhl zurück. «Mein Gehör funktioniert besser, wenn ich schlafe.»

«Die Tür stand offen», bemerkte Richter Arcadio.

Der Bürgermeister hatte in der Frühe vergessen, sie zu schließen. Er war so müde gewesen, daß er in den Stuhl gefallen und sofort eingeschlafen war. «Wie spät ist es?»

«Es geht auf zwölf», Richter Arcadios Stimme zitterte noch ein wenig.

«Ich bin todmüde», klagte der Bürgermeister. Unter anhaltendem Gähnen reckte und streckte er sich; er hatte das Gefühl, als wäre die Zeit stehengeblieben. Trotz seines Eifers, trotz seiner durchwachten Nächte erschienen die Zettel mit den Gemeinheiten weiter. Im Morgengrauen hatte er an seiner Schlafzimmertür ein Papier angeklebt gefunden: «Verschwenden Sie Ihr Pulver nicht an Krähen, Leutnant.» Auf der Straße erzählte man sich mit lauter Stimme, die an den nächtlichen Streifzügen Beteiligten brächten selber die Zettel an, um sich die langen Stunden des Wachdienstes zu verkürzen. Die ganze Ortschaft, so glaubte der Bürgermeister, lachte sich krank darüber.

«Raffen Sie sich auf», drängte Richter Arcadio; «wir gehen dann etwas essen.»

Doch er hatte keinen Hunger. Er wollte noch eine Stunde schlafen und dann baden, bevor er das Haus verließ. Richter Arcadio dagegen war ausgeruht und sauber und wollte zum Mittagessen heimgehen. Im Vorbeigehen hatte er die Tür des Schlafzimmers offenstehen sehen und war nur eingetreten, weil er den Bürgermeister um einen Passierschein bitten wollte, der es ihm gestattete, auch während der Ausgangssperre herumzulaufen.

Der Leutnant antwortete ganz einfach: «Nein.» Dann gab er seiner Stimme einen väterlichen Ton und sagte, um sich zu rechtfertigen: «Es bekommt Ihnen besser, wenn Sie ruhig zu Hause bleiben.»

Richter Arcadio steckte sich eine Zigarette an. Er betrachtete eine Weile die Streichholzflamme und bemühte sich, seinen Zorn zu beherrschen; doch er wußte nicht, was er sagen sollte.

«Nehmen Sie es mir nicht übel», fuhr der Bürgermeister fort. «Glauben Sie mir, ich würde gern mit Ihnen tauschen, um acht Uhr abends schlafen gehen und aufstehen, wann ich Lust hätte.»

«Gewiß», sagte der Richter und fügte betont ironisch hinzu: «Das hat mir gerade noch gefehlt: mit fünfunddreißig Jahren einen neuen Papa zu bekommen.» Er hatte ihm den Rücken zugewandt und schien vom Balkon aus den regenschweren Himmel zu betrachten.

Der Bürgermeister schwieg beharrlich. Dann rief er in scharfem Ton: «Richter!»

Richter Arcadio drehte sich um, und beide blickten sich in die Augen.

«Ich werde Ihnen den Passierschein nicht geben. Verstehen Sie?»

Der Richter kaute auf seiner Zigarette und wollte etwas sagen, ließ es aber sein. Der Bürgermeister hörte, wie er langsam die Treppe hinabstieg. Plötzlich beugte er sich vor und rief: «Richter!»

Es kam keine Antwort.

«Wir bleiben doch Freunde!» rief der Bürgermeister.

Auch diesmal erhielt er keine Antwort.

Er verharrte in derselben Haltung und wartete auf eine Reaktion Richter Arcadios; da fiel die Tür ins Schloß, und er war mit seinen Erinnerungen wieder allein. Er gab sich keine Mühe, einzuschlafen. Da hockte er nun am hellen Mittag, übernächtig; steckte hoffnungslos fest in einem Ort, der so viele Jahre, nachdem er dessen Geschicke in die Hand genommen hatte, für ihn noch immer fremd und unergründlich war. An jenem Morgen, als er verstohlen, mit einem verschnürten alten Pappkoffer und dem Befehl, die Ortschaft um jeden Preis zu unterwerfen, hier an Land gegangen war, hatte er seinerseits das Grauen kennengelernt. Sein einziger Rückhalt war damals ein Brief an einen wenig bekannten Regierungsanhänger, den er am nächsten Tag, in Unterhosen vor einer Reismühle sitzend, fand. Dessen Hinweise und die Grausamkeit der drei bezahlten Totschläger, die ihn begleiteten, hatten es ihm ermöglicht, dem Befehl Folge zu leisten. An diesem Mittag hatte er noch keine Ahnung von dem unsichtbaren Spinnennetz, das die Zeit um ihn gewoben hatte, und doch hätte ein flüchtiger Erkenntnisblitz genügt, um ihm die Frage aufzudrängen, wer eigentlich wen unterworfen habe.

Bis kurz nach vier blieb er, mit offenen Augen träumend, vor dem vom Regen gepeitschten Balkon sitzen. Dann badete er, zog die Uniform an und ging ins Hotel, um etwas zu essen. Später machte er in der Polizeistation eine der üblichen Inspektionen; und plötzlich stand er an einer Ecke, die Hände in den Taschen, und wußte nicht, was er tun sollte.

Der Besitzer des Billardsaals sah ihn am Nachmittag hereinkommen, die Hände noch immer in den Taschen. Aus dem Hintergrund des leeren Lokals grüßte er ihn, doch der Bürgermeister antwortete nicht.

«Eine Flasche Mineralwasser», bestellte er.

In der Eiskiste dröhnte es, als die Flaschen in Bewegung gerieten.

«Eines schönen Tages», prophezeite der Wirt, «muß man Sie operieren, und dann wird man feststellen, daß Ihre Leber voller Gasbläschen ist.»

Der Bürgermeister starrte in sein Glas. Er trank einen Schluck, stieß auf, blieb mit aufgestützten Armen an der Theke stehen, den Blick auf das Glas geheftet, und stieß nochmals auf.

Der Platz war menschenleer. Der Bürgermeister stutzte. «Was ist los?»

«Es ist Sonntag», erinnerte ihn der Wirt.

«Ach!»

Er legte eine Münze auf die Theke und verließ ohne Gruß das Lokal. An der Ecke des Platzes kam jemand gelaufen, als schleppte er einen ungeheuren Schwanz hinter sich her, und sagte etwas zu ihm, was er nicht verstand. Gleich darauf reagierte er. Dunkel begriff er, daß irgend etwas vorging, und eilte zur Polizeistation. Mit wenigen Sätzen sprang er die Treppe hinauf, ohne die Menschenansammlung vor der Tür zu beachten.

Ein Polizist kam ihm entgegen und übergab ihm ein Blatt Papier. Der Bürgermeister sah auf den ersten Blick, worum es sich handelte.

«Er verteilte sie auf dem Hahnenkampfplatz», meldete der Polizist.

Der Kommandant rannte den Gang entlang, riß die erste Zellentür auf und ließ die Hand auf dem Schloß, während er in das Halbdunkel spähte, bis er etwas erkennen konnte. Es war ein etwa zwanzigjähriger, pockennarbiger Bursche mit scharfgeschnittenem, grämlichem Gesicht. Er trug eine Baseballmütze und eine Brille mit starken Gläsern.

«Wie heißt du?»

«Pepe.»

«Pepe, und weiter?»

«Pepe Amador.»

Der Bürgermeister betrachtete ihn einen Augenblick und kramte in seiner Erinnerung. Der Bursche saß auf der Betonbank, die den Gefangenen als Bett diente. Er wirkte ruhig. Er setzte die Brille ab, putzte sie an seinem Hemdzipfel und blickte den Bürgermeister mit zusammengekniffenen Augen an.

«Wo haben wir uns schon einmal gesehen?» fragte der Bürgermeister.

«Hier und da.»

Der Bürgermeister betrat die Zelle nicht. Nachdenklich betrachtete er noch eine Weile den Gefangenen und schloß dann langsam die Tür. «Na, Pepe», meinte er, «ich glaube, du sitzt in der Tinte.»

Er schob den Riegel vor, steckte den Schlüssel in die Tasche und ging in sein Zimmer, wo er das illegale Flugblatt mehrmals aufmerksam las.

Er setzte sich an die offene Balkontür und schlug mit der flachen Hand nach den Mücken. In den leeren Straßen flammten die Laternen auf. Er kannte diesen abendlichen Frieden. Vor Jahren hatte er in solch einer Abendstimmung das Gefühl der Macht erlebt und voll ausgekostet.

«Sie sind also wieder da», sprach er laut vor sich hin.

Sie waren wieder da. Wie früher waren sie zweiseitig abgezogen; man erkennt sie überall und jederzeit an dem geheimnisvollen Siegel der Furcht, das ihnen die Illegalität aufdrückt.

Lange saß er im Dunkeln und überlegte, das Blatt bald zusammenfaltend, bald ausbreitend; bis er einen Entschluß faßte. Er steckte es in die Tasche, tastete mit den Fingern nach den Schlüsseln der Zelle und holte sie hervor.

«Rovira», rief er.

Sein zuverlässigster Polizist tauchte aus den Schatten auf. Der Bürgermeister übergab ihm die Schlüssel.

«Nimm dir diesen Burschen vor», befahl er. «Versuche ihn dazu zu bewegen, daß er dir die Namen derjenigen nennt, die das illegale Propagandamaterial in den Ort bringen. Wenn du es im Guten nicht schaffst», betonte er, «so versuche ihn auf jede nur mögliche Weise zum Reden zu bringen.»

Der Polizist erinnerte ihn daran, daß er in dieser Nacht Streifendienst habe.

«Das macht nichts», sagte der Bürgermeister. «Bis auf weiteres kümmerst du dich um nichts anderes. Und noch etwas», fügte er hinzu, als folge er einer plötzlichen Eingebung. «Die Männer im Hof schickst du heim. Heute nacht gehen wir nicht auf Streife.»

Er rief die drei Polizisten, die auf seinen Befehl hin untätig in der Station herumsaßen, in das kugelsichere Arbeitszimmer. Er hieß sie ihre Uniformen anziehen, die er im Schrank unter Verschluß gehalten hatte. Inzwischen sammelte er auf dem Tisch die Platzpatronen wieder ein, die er an die Leute des Streifendienstes verteilt hatte, und holte eine Handvoll scharfer Patronen aus dem Stahlschrank.

«Heute nacht macht ihr Streife», eröffnete er ihnen und prüfte die Gewehre, um ihnen die besten auszuhändigen. «Ihr habt nichts weiter zu tun, als die Leute spüren zu lassen, daß jetzt ihr auf der Straße seid.»

Als alle bewaffnet waren, verteilte er die Munition. Er pflanzte sich vor seinen Leuten auf. «Aber merkt euch eins: der erste, der eine Dummheit macht, wird an der Hofmauer erschossen.» Er wartete auf eine Antwort, die aber nicht kam. «Verstanden?»

Die drei Männer – zwei von ihnen mit indianischem Einschlag und nichtssagendem Äußeren und der dritte, ein blonder Riese mit wasserblauen Augen – hatten bei den letzten Worten ihre Patronentaschen gefüllt. Jetzt standen sie stramm. «Zu Befehl, Herr Leutnant.»

«Und noch etwas», sagte der Bürgermeister, und seine Stimme nahm einen vertraulichen Ton an. «Die Asís sind im Ort, und es ist nicht ausgeschlossen, daß ihr heute nacht einem von ihnen begegnet, der betrunken ist und Händel sucht. Also, wie es auch kommt, ihr laßt euch nicht mit ihm ein.» Auch diesmal kam die erwartete Antwort nicht. «Verstanden?»

«Jawohl, Herr Leutnant.»

«Nun wißt ihr Bescheid», schloß der Bürgermeister. «Nehmt eure fünf Sinne zusammen.»

Als Pater Angel, nachdem er den Rosenkranz gebetet hatte – er tat es wegen der Ausgangssperre eine Stunde eher als sonst –, die Kirche abschloß, nahm er Fäulnisgeruch wahr. Es war ein flüchtiger Hauch, der ihn kaum stutzig machte. Als er sich später zum Abendbrot Bananenscheiben briet und Milch wärmte, entdeckte er die Ursache des Geruches: Trinidad, die seit Sonnabend krank war, hatte die toten Mäuse nicht wegräumen können. Er kehrte also in das Gotteshaus zurück, öffnete und säuberte die Fallen und suchte dann Mina auf, die zwei Straßen weiter wohnte.

Toto Visbal öffnete selbst. In dem dämmerigen Stübchen standen mehrere Lederhocker herum, an den Wänden hingen Lithographien. Hier saßen Minas Mutter und die blinde Großmutter und tranken aus Tassen ein heißes, aromatisches Getränk. Mina arbeitete an den künstlichen Blumen.

«Seit fünfzehn Jahren haben wir Sie nicht in diesem Haus gesehen, Pater», sagte die Blinde.

Das stimmte. Jeden Nachmittag ging er an dem Fenster vorüber, wo Mina saß und Papierblumen herstellte, doch nie war er eingetreten.

«Die Zeit verstreicht so geräuschlos», meinte er. Dann wandte er sich an Toto Visbal, um anzudeuten, daß er in Eile sei. «Ich möchte Sie um einen Gefallen bitten: Erlauben Sie, daß Mina sich ab morgen der Fallen annimmt. Trinidad», so erklärte er Mina, «ist seit Sonnabend krank.»

Toto Visbal gab seine Zustimmung.

«Das ist verplemperte Zeit», warf die Blinde ein. «Schließlich geht dieses Jahr die Welt zu Ende.»

Minas Mutter legte ihr eine Hand aufs Knie, um sie zum Schweigen zu bringen. Die Blinde schob die Hand fort.

«Gott bestraft den Aberglauben», warnte der Pfarrer.

«Es steht geschrieben: Blut wird durch die Straßen rinnen, und keine Menschenkraft vermag es aufzuhalten», sagte die Blinde.

Der Pater blickte sie mitleidig an: Sie war sehr alt, sehr bleich, und ihre toten Augen schienen das Geheimnis aller Dinge zu durchdringen.

«Wir werden in Blut baden», spottete Mina. Daraufhin drehte sich Pater Angel zu ihr um. Mit ihrem tiefschwarzen Haar und dem gleichen bleichen Teint, wie ihn die Blinde besaß, schien sie aus einem wolkenähnlichen Gewirr aus Bändern und buntem Papier emporzutauchen. Sie sah aus wie ein allegorisches Bild auf einer Schulfeier.

«Und du», tadelte er sie, «arbeitest am Sonntag.»

«Ich habe es ihr ja gesagt», mischte sich die Blinde ein. «Glühende Asche wird auf ihr Haupt regnen.»

«Not kennt kein Gebot», lächelte Mina.

Da der Pfarrer immer noch stand, schob Toto Visbal einen Stuhl heran und bat ihn noch einmal, sich zu setzen. Er war ein gebrechlicher Mann, dessen Bewegungen sich vor Befangenheit überstürzten.

«Danke», lehnte Pater Angel ab, «sonst überrascht mich der Beginn der Ausgangssperre auf der Straße.» Das tiefe Schweigen im Ort fiel ihm auf. «Es scheint, als wäre es schon nach acht», meinte er.

Da erfuhr er es: Nachdem die Zellen fast zwei Jahre lang leergestanden hatten, saß nun Pepe Amador im Gefängnis, und die Ortschaft war drei Verbrechern ausgeliefert. Die Leute hatten sich schon um sechs Uhr zurückgezogen.

«Es ist doch merkwürdig», Pater Angel schien mit sich selbst zu reden. «So etwas wirkt heutzutage einfach unsinnig.»

«Es mußte früher oder später so kommen», meinte Toto Visbal. «Das ganze Land ist mit Spinnweben geflickt.» Er geleitete den Pater zur Tür. «Haben Sie die illegalen Flugblätter nicht gesehen?»

Pater blieb überrascht stehen. «Wieder welche?»

«Im August», warf die Blinde ein, «werden die drei Tage der Dunkelheit kommen.»

«Sei still und mache hier weiter», sagte sie zu ihr.

Mina streckte den Arm aus und reichte ihr eine angefangene Blume.

Die Blinde betastete die Blume und begann daran zu arbeiten, ohne das Gesicht vom Pfarrer abzuwenden.

«Sie sind also wieder da», stellte der Pfarrer fest.

«Seit ungefähr einer Woche», bestätigte Toto Visbal. «Hier ist auch eins aufgetaucht, und keiner wußte, wer es gebracht hat. Sie wissen ja, wie das ist.»

Der Pfarrer nickte.

«Es steht drin, daß alles beim alten bleibt», fuhr Toto Visbal fort. «Die Regierung hat gewechselt; sie hat versprochen, Frieden zu schaffen und die verfassungsmäßigen Rechte zu achten, und zuerst haben es auch alle geglaubt. Aber die Regierungsbeamten sind noch die gleichen.»

«Und das ist wahr», warf Minas Mutter ein. «Da haben wir nun wieder die Ausgangssperre und auf der Straße diese drei Verbrecher.»

«Das alles steht geschrieben», sagte die Blinde.

«Es ist absurd», meinte der Pfarrer nachdenklich. «Man muß doch anerkennen, daß sich die Haltung der Behörde geändert hat. Oder», verbesserte er sich, «war sie wenigstens bis heute eine andere gewesen.»

Stunden danach, als er unter seinem Moskitonetz vor Hitze schlaflos lag, fragte er sich dennoch, ob in den neunzehn Jahren, die er in der Gemeinde gelebt hatte, die Zeit wirklich weitergeschritten war. Er hörte direkt vor seinem Haus das Stampfen der Stiefel und den Lärm der Waffen, Geräusche, die seinerzeit den Gewehrsalven vorausgegangen waren. Nur daß sich diesmal die Stiefel entfernten, nach einer Stunde wieder vorbeikamen und sich von neuem entfernten, ohne daß die Schüsse fielen. Erschöpft von der durchwachten Nacht und der Hitze, bemerkte er kurz darauf, daß seit einer Weile die Hähne krähten.

Mateo Asís versuchte, die Uhrzeit nach den Hahnenschreien zu bestimmen. Schließlich fand er in die Wirklichkeit zurück. «Wie spät ist es?»

Nora de Jacob streckte im Dunkeln den Arm aus und nahm die Leuchtzifferuhr vom Nachttisch. Die Antwort, die sie noch gar nicht ausgesprochen hatte, machte sie hellwach. «Halb fünf!»

«Verdammt!» Mateo Asís sprang aus dem Bett. Doch die Kopfschmerzen und ein bitterer Geschmack im Munde nahmen ihm allen Schwung. Mit den Füßen tastete er nach seinen Schuhen. «Der Tag wäre mir ja über den Hals gekommen.»

«Das ist gut!» Sie knipste das Lämpchen an und erblickte seine knotige Wirbelsäule und das bleiche Gesäß. «Du hättest bis morgen hier eingesperrt bleiben müssen.»

Sie war vollkommen nackt, ein Zipfel des Bettlakens bedeckte kaum ihren Schoß. Selbst ihre Stimme hatte die sanfte Herausforderung verloren, seit das Licht brannte.

Mateo Asís zog die Schuhe an. Er war hochgewachsen und stämmig. Nora de Jacob empfing ihn seit zwei Jahren gelegentlich; aber durch die mißliche Notwendigkeit, das Verhältnis mit einem Manne zu verheimlichen, der ihr dazu geschaffen zu sein schien, daß sich eine Frau seiner rühmte, fühlte sie sich immer wieder etwas enttäuscht. «Wenn du nicht aufpaßt, wirst du dick», bemerkte sie.

«Das ist das gute Leben», erwiderte er, bemüht, seine Besorgnis zu verbergen, und fügte lächelnd hinzu: «Ich muß wohl schwanger sein.»

«Hoffentlich», gab sie zurück. «Wenn die Männer Kinder kriegen müßten, wären sie nicht so rücksichtslos.»

Er ging ins Bad und trachtete, beim Waschen nicht tief Atem zu holen: Jeder Geruch am frühen Morgen war ihr Geruch. Als er ins Zimmer zurückkam, saß sie im Bett.

«Eines schönen Tages», sagte Nora de Jacob, «werde ich diese ganze Heimlichtuerei satt haben, und dann erzähle ich es allen Leuten.»

Er schaute sie erst an, als er vollständig angekleidet war. Sie dachte an ihre schlaffen Brüste und zog im Weitersprechen das Laken bis zum Hals hinauf.

«Ich glaube nicht, daß die Zeit kommen wird», fuhr sie fort, «da wir im Bett frühstücken und bis zum Mittag hierbleiben können. Ich bin imstande, mir selber einen solchen Zettel anzukleben.»

Er lachte laut heraus. «Das überlebt der kleine alte Benjamín nicht. Wie steht es damit?»

«Stell dir vor, er wartet, daß Néstor Jacob stirbt.»

Sie sah ihn an der Tür zum Abschied winken. «Versuche doch, Heiligabend zu kommen», bat sie ihn.

Er versprach es. Er überquerte auf Zehenspitzen den Hof und trat durch das Haustor auf die Straße hinaus. Es fiel kalter Sprühregen, der kaum die Haut naß werden ließ. Als er auf den Platz kam, drang ihm ein Ruf entgegen: «Halt!»

Vor seinen Augen blitzte eine Taschenlampe auf. Er wandte das Gesicht ab.

«Ach, verdammt!» rief der Bürgermeister, unsichtbar hinter dem Licht. «Sieh mal an, was wir da gefunden haben. Kommst du oder gehst du?»

Er knipste die Taschenlampe aus, und Mateo Asís sah ihn nun mit drei Polizisten im Gefolge. Sein Gesicht war frisch und sauber, und die Maschinenpistole hing ihm quer über dem Rücken.

«Ich komme», sagte Mateo Asís.

Der Bürgermeister trat heran, um im Schein der Straßenlaterne seine Uhr zu entziffern. Es war zehn vor fünf. Er gab seinen Polizisten ein Zeichen, die Ausgangssperre zu beenden. Gespannt wartete er, bis das Hornsignal verklungen war, das der Morgenstunde etwas Melancholisches gab.

Er entließ die Polizisten und begleitete Mateo Asís über den Platz. «Nun haben wir es geschafft; die Schweinerei mit den Zettelchen ist zu Ende.» In seiner Stimme lag mehr Müdigkeit als Befriedigung.

«Haben Sie den geschnappt, der's war?»

«Noch nicht», räumte der Bürgermeister ein. «Aber ich habe eben den letzten Rundgang gemacht und kann versichern, daß heute früh zum erstenmal kein einziger Zettel aufgetaucht ist. Es kam nur darauf an, endlich Ernst zu machen.»

Am Tor des Hauses Asís angekommen, ging Mateo voraus, um die Hunde anzubinden. In der Küche dehnten und reckten sich die eben erwachten Mägde. Als der Bürgermeister eintrat, empfingen ihn die angeketteten Hunde mit wütendem Gekläff, das aber bald von den friedlichen Sprüngen und dem Schnaufen der schnell beruhigten Tiere abgelöst wurde. Die Witwe de Asís erschien, als die beiden, auf der Brüstung des Küchenbalkons sitzend, Kaffee tranken. Der Himmel war klar.

«Ein Frühaufsteher ist ein guter Hausvater», bemerkte die Witwe, «aber ein schlechter Ehemann.»

Ihrer guten Laune zum Trotz verriet ihr Gesicht die Leidensspuren einer qualvollen, durchwachten Nacht. Der Bürgermeister erwiderte ihren Gruß. Er hob die Maschinenpistole vom Boden auf und hängte sie sich über die Schulter.

«Trinken Sie so viel Kaffee, wie Sie wollen, Leutnant», sagte die Witwe, «aber bringen Sie mir keine Flinten ins Haus.»

«Im Gegenteil», lächelte Mateo Asís. «Du solltest sie dir ausleihen, bevor du zur Messe gehst. Was meinst du?»

«Ich brauche diesen Plunder nicht, um mich zu schützen», gab die Witwe zurück. «Die göttliche Vorsehung steht auf unserer Seite. Wir Asís», fügte sie ernst hinzu, «waren schon gottesfürchtig, als es auf vielen Meilen in der Umgebung noch keine Priester gab.»

Der Bürgermeister verabschiedete sich. «Man muß auch einmal schlafen», sagte er. «Das ist kein Leben für einen Christenmenschen.» Er bahnte sich einen Weg zwischen Hühnern, Enten und Truthähnen, die allmählich das Haus bevölkerten. Die Witwe scheuchte die Tiere weg. Mateo Asís lief ins Schlafzimmer, badete, zog sich um und ging wieder hinaus, um das Maultier zu satteln. Seine Brüder waren beim Morgengrauen aufgebrochen.

Die Witwe de Asís war mit den Vogelbauern beschäftigt, als ihr Sohn im Hof erschien.

«Denke daran», sagte sie, «man muß sich zwar sichern, aber man muß auch Abstand zu wahren wissen.»

«Er kam ja nur herein, um ein Täßchen Kaffee zu trinken», verteidigte sich Mateo Asís. «Wir unterhielten uns und kamen hierher, ohne es recht zu merken.»

Er stand am Ende des Ganges und blickte seine Mutter an, doch sie hatte sich beim Sprechen nicht umgewandt. Es schien, als redete sie mit ihren Tieren. «Ich sage nur das eine», warnte sie ihn, «bringe mir keine Mörder ins Haus.»

Nun hatte sie die Vögel in den Käfigen versorgt und befaßte sich unmittelbar mit ihrem Sohn. «Und du, wo bist du gewesen?»

An diesem Morgen glaubte Richter Arcadio in den winzigen Vorfällen, die den Alltag ausmachen, unheilvolle Zeichen zu entdecken. «Dieses Wetter bereitet einem Kopfschmerzen», versuchte er seiner Frau das Unbehagen zu erklären. Es war ein sonniger Morgen. Der Fluß hatte zum erstenmal seit mehreren Wochen sein drohendes Aussehen und den Geruch nach rohen Häuten verloren. Richter Arcadio ging zum Friseur.

«Die Gerechtigkeit hinkt», empfing ihn dieser, «und doch kommt sie ans Ziel.»

Der Fußboden war mit Petroleum geölt, die Spiegel waren mit Bleiweiß eingerieben. Der Friseur polierte sie mit einem Lappen, während Richter Arcadio es sich im Stuhl bequem machte.

«Es dürfte gar keinen Montag geben», klagte der Richter.

Der Barbier hatte begonnen, ihm die Haare zu schneiden. «Der Sonntag ist schuld. Wäre nicht der Sonntag», meinte er heiter, «gäbe es keinen Montag.»

Richter Arcadio schloß die Augen. Diesmal, nach zehn Stunden Schlaf, einem ungestümen Liebesakt und einem ausgiebigen Bad, war dem Sonntag nichts vorzuwerfen. Und doch war es ein bedrückender Montag. Als es vom Turm neun schlug und nach den Glockenschlägen nur noch das Surren einer Nähmaschine im Nebenhaus zu hören war, erschauerte der Richter vor einem weiteren Unheilszeichen: vor der Stille auf den Straßen. «Das ist ein Gespensterort!»

«Ihr habt es ja so gewollt», bemerkte der Friseur. «Früher hatte ich an einem Montagvormittag um diese Zeit schon mindestens fünf Kunden die Haare geschnitten. Heute sind Sie der erste.»

Richter Arcadio öffnete die Augen und betrachtete im Spiegel eine Weile den Fluß. «Ihr», wiederholte er und fragte: «Was heißt ihr?»

«Na ihr», zögerte der Friseur. «Ehe ihr herkamt, war dies hier ein beschissener Ort wie alle anderen, aber jetzt ist er schlimmer als alle anderen.»

«Wenn du mir so was sagst», erwiderte der Richter, «dann nur deshalb, weil du weißt, daß ich nichts damit zu tun hatte. Würdest du es wagen», fragte er ohne Schärfe, «dem Leutnant dasselbe zu sagen?»

Der Friseur gestand, daß er das nicht tun würde. «Sie wissen nicht, was es heißt, jeden Morgen mit der Gewißheit aufzustehen, daß sie einen umbringen werden und daß zehn Jahre vergangen sind und sie einen immer noch nicht umgebracht haben.»

«Ich weiß es nicht», gab Richter Arcadio zu, «und will es auch nicht wissen.»

«Tun Sie alles, was Sie können», sagte der Friseur, «um es nie zu erfahren.»

Der Richter senkte den Kopf. Nach längerem Schweigen fragte er: «Weißt du was, Guardiola?» Ohne eine Antwort abzuwarten, fuhr er fort: «Der Leutnant versackt im Dorf. Und er versackt täglich mehr, weil er ein Vergnügen entdeckt hat, bei dem es kein Zurück gibt: Ganz sachte und ohne großen Lärm kommt er zu Geld.» Da ihm der Friseur schweigend zuhörte, schloß er: «Ich wette mit dir, daß kein einziger Toter mehr auf sein Konto kommen wird.»

«Meinen Sie?»

«Ich wette mit dir hundert gegen eins», beharrte Richter Arcadio. «Für ihn gibt es derzeit kein besseres Geschäft als den Frieden.»

Wortlos beendete der Friseur den Haarschnitt, kippte den Stuhl zurück und wechselte das Tuch. Als er endlich sprach, klang seine Stimme ein wenig unsicher. «Es ist merkwürdig, daß gerade Sie das sagen und daß Sie es mir sagen.»

Richter Arcadio hätte mit den Achseln gezuckt, wenn es ihm seine Stellung erlaubt hätte. «Ich sage es nicht zum ersten Mal», betonte er.

«Der Leutnant ist Ihr bester Freund», bemerkte der Friseur. Er hatte die Stimme gesenkt, eine gespannte und vertrauliche Stimme. Er konzentrierte sich auf seine Arbeit mit demselben Ausdruck wie jemand, der seine Unterschrift malt und das Schreiben nicht gewöhnt ist.

«Sage mir doch, Guardiola», fragte Richter Arcadio mit einer gewissen Feierlichkeit, «wie denkst du über mich?»

Der Barbier hatte angefangen, ihn zu rasieren. Er überlegte einen Augenblick, bevor er antwortete. «Bisher glaubte ich, Sie seien ein Mensch, der weiß, daß er fortgeht, und der fortgehen will», sagte er.

«Das kannst du ruhig weiter glauben», lächelte der Richter.

Er ließ sich mit derselben finsteren Gleichgültigkeit rasieren, mit der er sich hätte köpfen lassen. Er hielt die Augen geschlossen, während ihm der Friseur das Kinn mit einem Alaunstein abrieb, puderte und den Puder mit einem sehr weichen Pinsel entfernte. Als er ihm das Tuch abnahm, steckte er ihm heimlich einen Zettel in die Hemdtasche.

«Sie irren sich nur in einem Punkt, Richter», behauptete er. «Es wird Ärger geben in diesem Land.»

Richter Arcadio vergewisserte sich, daß sie noch allein in der Friseurstube waren. Die glühende Sonne, das Surren der Nähmaschine in der Morgenstille um halb zehn, der unvermeidliche Montag, hinter all dem verbarg sich noch etwas anderes: Es schien, als wären sie allein im Ort. Da zog er den Zettel aus der Tasche und las.

Der Barbier wandte ihm den Rücken zu und räumte den Frisiertisch auf. «Zwei Jahre lang Reden über Reden», wiederholte er aus dem Gedächtnis, «und noch immer derselbe Ausnahmezustand, dieselbe Pressezensur, dieselben Beamten.» Als er im Spiegel gewahrte, daß Richter Arcadio zu Ende gelesen hatte, sagte er: «Bringen Sie es in Umlauf.»

Der Richter steckte den Zettel wieder in die Tasche. «Du hast Mut», meinte er.

«Wenn ich mich jemals in jemandem geirrt hätte», erklärte der Friseur, «wäre ich schon seit Jahren mit Blei gespickt.» Dann fügte er mit ernster Stimme hinzu: «Und vergessen Sie eins nicht, Richter, das hält keiner mehr auf.»

Als Richter Arcadio den Friseurladen verließ, hatte er einen trockenen

Gaumen. Im Billardsaal bestellte er zwei Doppelte, trank sie hintereinander aus und wußte plötzlich, daß er noch lange nicht fertig war. Auf der Universität hatte er einmal am Ostersonnabend die Ungewißheit mit einer Gewaltkur beseitigen wollen: Er war, vollkommen nüchtern, in einer Bar auf den Abort gegangen, hatte sich Schießpulver in einen Schanker geschüttet und es angesteckt.

Nach dem vierten Schnaps verkleinerte Don Roque das Quantum. «Bei diesem Tempo», lächelte er, «trägt man Sie auf den Schultern hinaus wie die Toreros.»

Der Richter lächelte auch, aber nur mit den Lippen, seine Augen blieben ausdruckslos. Eine halbe Stunde später ging er auf den Abort, ließ Wasser und warf, ehe er hinausging das geheime Zettelchen ins Klosett.

Als er an die Theke zurückkam, bemerkte er neben seinem Glas die Flasche, an der ein Tintenstrich den Flüssigkeitsstand markierte. «Das ist alles für Sie», sagte Don Roque und fächelte sich gemächlich Luft zu.

Sie waren allein im Salon. Richter Arcadio goß sein Glas halbvoll und trank ohne Eile. «Wissen Sie was?» fragte er. Und da Don Roque nicht zu erkennen gab, ob er verstanden habe, fuhr er fort: «Es wird Ärger geben.»

Don Sabas wog auf der Briefwaage sein Mittagessen ab, das ein Vögelchen hätte verspeisen können. Da wurde ihm ein weiteres Mal Señor Carmichael gemeldet. «Sag ihm, ich schlafe», raunte er seiner Frau ins Ohr. Und zehn Minuten später schlief er wirklich. Als er erwachte, war die Luft trocken geworden, und das ganze Haus war von der Hitze wie gelähmt. Es war nach zwölf.

«Was hast du geträumt?» fragte seine Frau.

«Nichts.»

Sie hatte gewartet, bis ihr Mann von selbst erwachte. Gleich darauf kochte sie die Kanüle aus, und Don Sabas spritzte sich Insulin in den Oberschenkel.

«Es sind nun wohl schon drei Jahre, daß du nichts träumst», sagte seine Frau und drückte damit noch nachträglich ihre Enttäuschung aus.

«Himmeldonnerwetter!» rief er. «Was verlangst du denn noch? Man kann sich doch nicht zum Träumen zwingen.»

Vor Jahren hatte Don Sabas während eines kurzen Mittagsschlafs von einer Eiche geträumt, die statt Blüten Rasiermesser hervorbrachte. Seine Frau hatte den Traum ausgelegt und in der Lotterie einen Teilgewinn gezogen.

«Wenn nicht heute, dann eben morgen», tröstete sie sich.

«Es war heute nicht und wird auch morgen nicht sein», versetzte Don Sabas ungeduldig. «Ich werde doch nicht träumen, bloß damit du Dummheiten machst.»

Er legte sich wieder ins Bett; seine Frau räumte inzwischen auf. Schneidende und stechende Gegenstände jeglicher Art waren aus dem Zimmer verbannt worden. Nach einer halben Stunde richtete sich Don

Sabas ganz langsam auf, bemüht, sich nicht zu erregen, und begann sich anzuziehen.

«Ach», erkundigte er sich dann, «was hat Carmichael denn gesagt?»

«Daß er später wiederkommt.»

Sie wechselten kein Wort weiter, bis sie am Tisch saßen. Don Sabas pickte an seiner eintönigen Diät herum. Seine Frau nahm ein reichliches Mittagessen ein, das angesichts ihres schwächlichen Körpers und ihres matten Gesichtsausdruckes viel zu üppig erschien. Erst nach längerem Nachdenken entschloß sie sich zu fragen: «Was will Carmichael eigentlich?»

Don Sabas hob nicht einmal den Kopf. «Was soll er schon wollen? Geld.»

«Das habe ich mir gedacht», seufzte die Frau und fuhr mitleidig fort: «Armer Carmichael, das Geld fließt in Strömen durch seine Hände, schon so viele Jahre, und er muß von der öffentlichen Wohltätigkeit leben.» Beim Sprechen verging ihr die Freude am Mittagessen immer mehr. «Gib ihm welches, lieber Sabas», bat sie. «Gott wird es dir lohnen.» Sie kreuzte das Besteck auf dem Teller und erkundigte sich neugierig: «Wieviel braucht er?»

«Zweihundert Pesos», erwiderte Don Sabas ungerührt.

«Zweihundert Pesos!»

«Stell dir das vor!»

Im Gegensatz zum Sonntag, der für Don Sabas der geschäftigste Tag war, hatte er am Montagnachmittag Ruhe. Er konnte in seinem Büro stundenlang vor dem elektrischen Ventilator dösen, während auf seinen Weiden das Vieh heranwuchs, fett wurde und sich vermehrte. An diesem Nachmittag war ihm jedoch kein Augenblick der Muße beschieden.

«Das macht die Hitze», behauptete die Frau.

Ein Funken Gereiztheit glomm in Don Sabas' farblosen Pupillen. Die Jalousien in dem schmalen Raum mit dem alten hölzernen Schreibtisch, den vier Ledersesseln und dem Haufen Zaumzeug in den Ecken waren heruntergelassen; die Luft war warm und stickig.

«Kann sein», stimmte er zu. «Noch nie war es im Oktober so heiß.»

«Vor fünfzehn Jahren, als auch so eine Hitze war, gab es ein Erdbeben, erinnerst du dich?»

«Ich erinnere mich nicht», sagte Don Sabas zerstreut. «Du weißt doch, daß ich mich nie an etwas erinnere. Außerdem», fügte er übellaunig hinzu, «bin ich heute nachmittag nicht aufgelegt, über Katastrophen zu reden.»

Er schloß die Augen, kreuzte die Arme über dem Leib und tat, als schliefe er. «Wenn Carmichael kommt», murmelte er, «sag ihm, ich bin nicht da.»

Ein flehender Ausdruck glitt über das Antlitz seiner Frau. «Du bist ein böser Mensch.»

Doch er sagte nichts mehr. Sie verließ das Büro und schloß geräuschlos die Drahtgittertür.

Am späten Nachmittag öffnete Don Sabas nach einem tiefen Schlaf die Augen und sah, wie die Fortsetzung eines Traumes, den Bürgermeister vor sich sitzen, der auf sein Erwachen wartete.

«Ein Mann wie Sie», lächelte der Leutnant, «darf nicht bei offener Tür schlafen.»

Don Sabas verriet mit keiner Bewegung sein Erschrecken. «Ihnen stehen die Türen meines Hauses jederzeit offen.» Er streckte den Arm nach der Klingel aus, doch der Bürgermeister verbot es ihm durch eine Geste.

«Möchten Sie keinen Kaffee?» fragte Don Sabas.

«Jetzt nicht.» Der Bürgermeister ließ einen melancholischen Blick durch den Raum schweifen. «Es saß sich sehr gut hier, während Sie schliefen. Gerade als wäre man in einem anderen Ort.»

Don Sabas rieb sich die Augen. «Wie spät ist es?»

Der Bürgermeister blickte auf die Uhr. «Es geht auf fünf.» Dann setzte er sich im Sessel zurecht und ging gelassen auf sein Ziel los. «Reden wir also?»

«Ich kann mich wohl nicht gut weigern», sagte Don Sabas ergeben.

«Es würde sich nicht lohnen», pflichtete ihm der Bürgermeister bei. «Schließlich ist es kein Geheimnis mehr.» Und mit derselben heiteren Gelassenheit fügte er, ungezwungen in Worten und Gesten, hinzu: «Sagen Sie mir folgendes, Don Sabas: Wieviel Stück Vieh von der Witwe de Montiel haben Sie aus ihren Ställen herausholen und mit Ihrem Brandzeichen versehen lassen, seit sie Ihnen den Verkauf angeboten hat?»

Don Sabas zuckte mit den Achseln. «Ich habe nicht die geringste Ahnung.»

«Sie wissen wohl», betonte der Bürgermeister, «daß es einen Namen dafür gibt.»

«Viehraub.»

«Genau das», bestätigte der Bürgermeister. «Nehmen wir zum Beispiel an», fuhr er, nach wie vor ohne Erregung, fort, «daß Sie in drei Tagen zweihundert Stück Vieh geholt haben.»

«Schön wär's», meinte Don Sabas.

«Also zweihundert», sagte der Bürgermeister. «Sie kennen die Bedingungen: pro Stück fünfzig Pesos Abgabe an die Gemeinde.»

«Vierzig.»

«Fünfzig.»

Don Sabas gab sich geschlagen und ließ eine Pause eintreten. Er lehnte sich in seinem gefederten Stuhl zurück und spielte mit dem Ring an seinem Finger, der einen polierten schwarzen Stein hatte; die Augen starrten auf ein unsichtbares Schachspiel.

Der Bürgermeister beobachtete ihn mit unverhüllt mitleidsloser Aufmerksamkeit. «Diesmal ist die Geschichte damit aber nicht zu Ende», begann er wieder. «Ab sofort steht alles Vieh aus José Montiels Nachlaß, wo immer es sich befindet, unter dem Schutz der Gemeinde.» Vergeblich wartete er auf eine Reaktion und fügte dann erläuternd hinzu: «Die arme Frau ist, wie Sie wissen, vollkommen verrückt.»

«Und Carmichael?»

«Carmichael», sagte der Bürgermeister, «steht seit zwei Stunden unter Polizeiaufsicht.»

Da starrte ihn Don Sabas mit einer Miene an, die ebensogut Bewunderung wie Verblüffung bedeuten konnte. Unvermittelt sank sein weicher, massiger Oberkörper vornüber auf den Schreibtisch, geschüttelt von einem lautlosen, aber unbezähmbaren Lachen. «Welch ein Wunder, Leutnant! Das muß Ihnen doch wie ein Traum vorkommen.»

Doktor Giraldo hatte am frühen Abend das sichere Gefühl, der Vergangenheit viel Boden abgewonnen zu haben. Die Mandelbäume auf dem Platz wurden allmählich staubig. Wieder verstrich ein Winter, doch diesmal würde sein flüchtiger Schritt eine tiefe Spur in der Erinnerung hinterlassen. Als Pater Angel von seinem Nachmittagsspaziergang zurückkehrte, bemerkte er, wie sich der Arzt alle Mühe gab, das Schlüsselloch seines Sprechzimmers zu finden.

«Da sehen Sie es, Doktor», lächelte er. «Selbst um eine Tür zu öffnen, braucht man Gottes Hilfe.»

«Oder eine Taschenlampe», sagte der Arzt und lächelte ebenfalls.

Er drehte den Schlüssel im Schloß und wandte sich dann ganz Pater Angel zu, dessen Umriß in der Abenddämmerung verschwommen und malvenfarben erschien. «Warten Sie einen Augenblick, Pater. Ich glaube, mit Ihrer Leber ist etwas nicht in Ordnung.» Er hielt ihn am Arm zurück.

«Glauben Sie?»

Der Arzt schaltete das Außenlicht an und musterte, mehr mit menschlicher als beruflicher Anteilnahme, das Gesicht des Pfarrers. Dann stieß er die Drahtgittertür auf und machte im Sprechzimmer Licht. «Es kann nichts schaden, wenn Sie Ihrem Leib einmal fünf Minuten widmen, Pater», riet er. «Sehen wir einmal nach, wie es mit dem Blutdruck steht.»

Pater Angel hatte es eilig. Doch auf Drängen des Arztes trat er in das Sprechzimmer und machte den Arm für die Blutdruckmanschette frei. «Zu meiner Zeit gab es all diese Dinge nicht.»

Doktor Giraldo stellte einen Stuhl vor ihn hin und setzte sich, um die Messung auszuführen. «Ihre Zeit ist die heutige, Pater», lächelte er.

Während der Arzt die Skala beobachtete, sah sich der Pfarrer mit der naiven Neugier, die Wartezimmer immer erregen, im Raum um. An den Wänden hingen ein vergilbtes Diplom, die Lithographie eines Mädchens mit zerfressener blauverfärbter Wange und ein Bild, auf dem ein Arzt mit dem Tod um eine unbekleidete Frau rang. Im Hintergrund stand vor einem Schrank mit etikettierten Flaschen ein weißgestrichenes eisernes Untersuchungsbett. Am Fenster befand sich eine Vitrine mit Instrumenten und noch zwei weitere, die mit Büchern vollgestopft waren. Der einzig erkennbare Geruch war der des denaturierten Alkohols.

Doktor Giraldos Gesicht verriet nichts, als er die Messung beendet hatte.

«In diesem Raum fehlt ein Heiliger», murmelte Pater Angel.

Der Arzt blickte auf die Wände. «Nicht nur hier», gab er zurück; «auch im Ort fehlt einer.» Er steckte das Meßgerät in ein ledernes Etui, verschloß es mit einem energischen Zug am Reißverschluß und fuhr fort: «Ich darf Ihnen sagen, Pater, daß Ihr Blutdruck tadellos ist.»

«Das hatte ich mir gedacht», erwiderte der Pater und fügte mit matter Verwunderung hinzu: «Noch nie habe ich mich im Oktober so gut gefühlt.»

Langsam begann er den Ärmel herunterzurollen. Seine Soutane mit den ausgebesserten Aufschlägen, die zerrissenen Schuhe und die rauhen Hände, deren Nägel wie versengtes Horn aussahen, offenbarten in diesem Augenblick seinen wahren Zustand: Er war ein außerordentlich armer Mann.

«Dennoch mache ich mir Sorgen um Sie», erwiderte der Arzt. «Ganz offensichtlich ist Ihr Lebensstil für einen solchen Oktober nicht der geeignetste.»

«Der Herr fordert unseren ganzen Einsatz», erklärte der Pater.

Der Arzt wandte ihm den Rücken zu und blickte durch das Fenster, hinaus auf den dunklen Fluß. «Ich frage mich, bis zu welchem Punkt. Es scheint mir nicht in der Absicht Gottes zu liegen, daß sich jemand neunzehn Jahre bemüht, den menschlichen Instinkt in einen Panzer zu zwängen, und sich dabei der Tatsache voll bewußt ist, daß darunter alles unverändert bleibt.» Und nach einer langen Pause fragte er: «Hatten Sie in den letzten Tagen nicht den Eindruck, daß die Errungenschaften Ihres unermüdlichen Eifers zu zerbröckeln beginnen?»

«Jede Nacht, mein ganzes Leben hindurch habe ich diesen Eindruck gehabt», erwiderte Pater Angel. «Daraus ziehe ich die Erkenntnis, daß ich am nächsten Tag mit noch mehr Kraft neu beginnen muß.» Er hatte sich aufgerichtet. «Es geht auf sechs», stellte er fest und wollte das Sprechzimmer verlassen.

Der Arzt am Fenster rührte sich nicht und schien ihm doch mit ausgestrecktem Arm den Weg zu verstellen, als er sagte: «Pater, legen Sie sich nachts einmal die Hand aufs Herz und fragen Sie sich, ob Sie nicht etwa bemüht sind, die Moral mit Heftpflaster zusammenzuflicken.»

Pater Angel konnte nicht verheimlichen, welch furchtbare innere Beklemmung ihn befiel. «In Ihrer Todesstunde werden Sie erfahren, wie schwer diese Worte wiegen, Doktor.» Er sagte gute Nacht und schloß leise die Tür hinter sich.

Er vermochte nicht, sich auf das Gebet zu konzentrieren. Als er die Kirche abschloß, trat Mina zu ihm und berichtete, daß in zwei Tagen nur eine einzige Maus in die Falle gegangen sei. Er hatte fast den Eindruck, daß sich die Mäuse in Trinidads Abwesenheit dermaßen vermehrt hatten, daß sie die Kirche zu unterwühlen drohten. Doch hatte Mina die Fallen aufgestellt, den Käse vergiftet, die Spuren des Mäusewurfs verfolgt und in die Gänge der neuen Nester, die er selbst mitgesucht hatte, Asphalt gegossen.

«Lege ein wenig Gottvertrauen in deine Arbeit», hatte er ihr geraten, «und die Mäuse gehen in die Falle wie die Lämmchen.»

Bevor er einschlief, wälzte er sich lange auf der Pritsche hin und her. Seine Nerven, von der Schlaflosigkeit zermürbt, ließen ihn das düstere Gefühl der Niederlage, das der Arzt in sein Herz gepflanzt hatte, deutlich empfinden. Diese innere Unruhe, dazu die Mäusescharen in der Kirche und die grauenvolle Friedhofsstille während der Ausgangssperre, das alles vermochte in ihm mit unwiderstehlicher Gewalt die erregenden Erinnerungsbilder wachzurufen, die er am meisten fürchtete.

Kurz nachdem er in diese Ortschaft gekommen war, hatte man ihn mitten in der Nacht geweckt und gebeten, Nora de Jacob den letzten Beistand zu leisten. In einem Alkoven, der zum Empfang des Todesengels vorbereitet war – nur ein Kruzifix hing noch über dem Kopfende des Bettes, und an den Wänden stand eine Reihe leerer Stühle –, nahm er eine erschütternde Beichte entgegen, die mit ruhiger Stimme, in knappen, aber genauen Worten vorgebracht wurde. Die Sterbende hatte ihm enthüllt, daß ihr Gatte, Néstor Jacob, nicht der Vater des Kindes sei, das sie soeben zur Welt gebracht hatte. Pater Angel machte es zur Vorbedingung für die Absolution, daß die Beichte in Gegenwart des Gatten wiederholt und das Sündenbekenntnis vor seinen Ohren vollendet werde.

Der Zirkusdirektor kommandierte, die Arbeiter zogen die Streben aus der Erde, und das Zelt sank mit einem Klagelaut, so wie der Wind in den Bäumen pfeift, allmählich immer mehr in sich zusammen. Bei Tagesanbruch war es schon verpackt; und während die Männer die Raubtiere auf die Barkassen brachten, frühstückten die Frauen und Kinder auf den großen Kisten. Als die Barkassen zum erstenmal tuteten, waren die Spuren der Feuerstellen auf dem kahlen Gelände der einzige Hinweis darauf, daß ein prähistorisches Tier durch das Dorf gezogen war.

Der Bürgermeister hatte nicht geschlafen. Er hatte vom Balkon aus verfolgt, wie der Zirkus verladen wurde, und mischte sich nun, noch in Uniform, unter die erregte Menge am Hafen. Seine Augen waren vom wenigen Schlafen entzündet, sein Gesicht wirkte mit dem zwei Tage alten Bart noch härter als sonst.

Der Zirkusdirektor erblickte ihn vom Dach der Barkasse aus. «Leben Sie wohl, Leutnant!» rief er ihm zu. «Ich lasse Ihnen Ihr Reich.»

Er steckte in einem weiten, helleuchtenden Overall, der seinem rundlichen Gesicht ein priesterliches Gepräge gab, und hatte die Peitsche um die Hand gewickelt.

Der Bürgermeister trat ans Ufer.«Tut mir leid, General», rief er, die Arme ausgebreitet, heiter zurück. «Sie sind hoffentlich so ehrlich und sagen auch, warum Sie gehen.» Er wandte sich an die Menge und erklärte laut: «Ich habe ihm die Genehmigung entzogen, weil er keine Gratisvorstellung für die Kinder geben wollte.»

Der letzte Sirenenton der Barkassen und das sofort einsetzende Dröhnen der Motoren übertönten die Antwort des Zirkusdirektors. Aus dem Wasser stieg der Geruch von aufgewühltem Schlamm. Der Direktor wartete, bis die Barkassen in der Mitte des Flusses wendeten. Dann lehnte er sich an die Reling, formte die Hände zu einem Sprachrohr und schrie aus Leibeskräften: «Leb wohl, Polizistenschwein!»

Der Bürgermeister ließ sich nicht aus der Fassung bringen. Er blieb stehen, die Hände in den Taschen, bis der Motorenlärm verhallte. Dann bahnte er sich lächelnd einen Weg durch die Menge und betrat den Laden des Syrers Moisés.

Es war fast acht Uhr. Der Syrer hatte begonnen, die vor der Tür ausgestellte Ware hereinzuholen.

«Sie gehen also auch», sprach ihn der Bürgermeister an.

«Für kurze Zeit», erwiderte der Syrer und blickte zum Himmel. «Es wird bald regnen.»

«Mittwochs regnet es nie», bemerkte daraufhin der Bürgermeister. Er stützte die Ellbogen auf den Ladentisch und betrachtete die über dem Hafen hängenden dichten Wolkenbänke, bis der Syrer die Waren verstaut hatte und seine Frau anwies, ihnen Kaffee zu bringen.

«Wenn es so weitergeht», sagte der Bürgermeister seufzend vor sich hin, «werden wir uns von anderen Ortschaften Leute borgen müssen.» Er trank den Kaffee in langsamen Zügen. Wieder hatten drei Familien den Ort verlassen. Es waren also nach der Berechnung des Syrers Moisés fünf, die im Laufe einer Woche weggezogen waren.

«Früher oder später kommen sie wieder», prophezeite der Bürgermeister. Er starrte auf die rätselhaften Flecken, die der Kaffee auf dem Tassengrund hinterlassen hatte, und fuhr wie geistesabwesend fort: «Wohin sie auch gehen, sie können nicht vergessen, daß sie mit der Nabelschnur an diesen Ort gefesselt sind.»

Entgegen seiner Voraussage mußte er im Laden einen heftigen Regenguß abwarten, der den Ort für wenige Minuten in die Sintflut zurückversetzte. Dann ging er zur Polizeistation, wo Señor Carmichael, vom Wolkenbruch durchnäßt, noch immer auf einem Bänkchen im Hof saß.

Er kümmerte sich nicht um ihn. Er ließ sich vom Wachposten Bericht erstatten und befahl dann, ihm die Zelle aufzuschließen, wo Pepe Amador auf dem Ziegelfußboden lag, anscheinend in tiefem Schlaf. Er drehte ihn mit dem Fuß um und betrachtete einen Augenblick lang mit geheimer Anteilnahme das Gesicht, das von Schlägen entstellt war.

«Seit wann hat er nichts gegessen?» erkundigte er sich.

«Seit vorgestern abend.»

Er befahl, ihn aufzurichten. Drei Polizisten faßten ihn unter den Achseln, zerrten den Körper durch die Zelle und setzten ihn auf die Betonbank, die in einem halben Meter Höhe in die Wand eingelassen war. Dort, wo der Körper gelegen hatte, blieb ein feuchter Schatten zurück.

Während ihn zwei Polizisten stützten, zog ihm der dritte an den Haaren den Kopf hoch. Ohne die unregelmäßigen Atemzüge und die unendliche Erschöpfung, die sich auf seinen Lippen abzeichnete, hätte man denken können, er sei tot.

Als ihn die Polizisten losließen, öffnete er die Augen und tastete haltsuchend nach dem Rand der Bank. Dann streckte er sich mit einem heiseren Schmerzenslaut auf der Bank aus.

Der Bürgermeister verließ die Zelle und befahl, Pepe Amador zu essen zu geben und ihn eine Weile schlafen zu lassen. «Dann bearbeitet ihr ihn weiter, bis er alles ausspuckt, was er weiß. Ich glaube nicht, daß er noch lange Widerstand leisten kann.»

Vom Balkon fiel sein Blick wieder auf Señor Carmichael, der, das Gesicht zwischen den Händen, zusammengesunken auf dem Bänkchen im Hof saß. «Rovira!» rief er. «Gehen Sie zu Carmichaels Haus und richten Sie seiner Frau aus, sie soll ihm Kleidung schicken. Dann lassen Sie ihn ins Büro kommen», fügte er mit Nachdruck hinzu.

Er hatte den Kopf auf den Schreibtisch sinken lassen und wollte gerade einschlafen, als es klopfte. Es war Señor Carmichael, weißgekleidet, völlig trocken, bis auf seine Schuhe, die aufgequollen und aufgeweicht waren wie die eines Ertrunkenen. Bevor sich der Bürgermeister mit ihm befaßte, trug er dem Polizisten auf, noch einmal zu gehen und ein Paar Schuhe zu holen.

Señor Carmichael streckte einen Arm nach dem Polizisten aus. «Lassen Sie nur», sagte er und wandte sich mit ernster Würde an den Bürgermeister. «Es sind meine einzigen.»

Der Bürgermeister hieß ihn Platz nehmen. Vierundzwanzig Stunden vorher hatte man Señor Carmichael in das kugelsichere Arbeitszimmer gebracht und einem eingehenden Verhör über den Stand des Montielschen Vermögens unterzogen. Er hatte einen ausführlichen Bericht gegeben. Als dann der Bürgermeister seine Absicht äußerte, den Nachlaß zu einem von amtlichen Sachverständigen festzusetzenden Preis zu kaufen, hatte er betont, er sei fest entschlossen, das nicht zuzulassen, solange die Nachfolge nicht geregelt sei.

Nachdem er zwei Tage hungernd in Wind und Wetter zugebracht hatte, verriet seine Antwort an diesem Nachmittag die gleiche Unbeugsamkeit.

«Du bist störrisch wie ein Maulesel, Carmichael», fuhr ihn der Bürgermeister an. «Wenn du warten willst, bis die Nachfolge geregelt ist, wird dieser Gauner Don Sabas schließlich noch das ganze Montielsche Vieh mit seinem Brandzeichen versehen.»

Señor Carmichael zuckte die Achseln.

«Na schön», meinte der Bürgermeister nach einer langen Pause. «Es ist ja bekannt, daß du ein ehrlicher Mensch bist. Aber vergiß eins nicht: Vor fünf Jahren hat Don Sabas dem José Montiel eine vollständige Liste der Leute übergeben, die mit den Guerillas in Verbindung gestanden haben, und deshalb war er der einzige führende Mann der Opposition, der im Ort bleiben durfte.»

«Es ist noch einer im Ort geblieben», bemerkte Señor Carmichael mit einem sarkastischen Unterton. «Der Zahnarzt.»

Der Bürgermeister überging den Einwurf. «Meinst du, ein solcher Mensch, der imstande ist, seine eigenen Leute für einen Sechser zu verkaufen, ist es wert, daß du vierundzwanzig Stunden unter freiem Himmel hockst?»

Señor Carmichael senkte den Kopf und betrachtete unverwandt seine Fingernägel.

Der Bürgermeister setzte sich an den Schreibtisch. «Außerdem», sagte er schließlich sanft, «mußt du an deine Kinder denken.»

Señor Carmichael wußte nicht, daß seine Frau und seine beiden ältesten Söhne am Abend zuvor beim Bürgermeister gewesen waren und dieser ihnen versprochen hatte, er werde noch vor Ablauf von vierundzwanzig Stunden wieder auf freiem Fuße sein.

«Machen Sie sich darüber keine Sorgen», entgegnete Señor Carmichael, «die wissen sich zu wehren.»

Er hob den Kopf erst wieder, als er den Bürgermeister im Arbeitszimmer hin und her gehen hörte. Da seufzte er tief auf und sagte: «Es bleibt Ihnen noch ein Weg offen, Leutnant.» Bevor er fortfuhr, sah er ihn mit einem Blick sanfter Ergebenheit an. «Schießen Sie mich über den Haufen.»

Er erhielt keine Antwort. Wenig später schlief der Bürgermeister tief und fest in seinem Zimmer, und Señor Carmichael saß wieder auf dem Bänkchen.

Der Gerichtssekretär, der in der Nähe der Polizeistation arbeitete, war glücklich. Er hatte den Vormittag in einem Winkel des Büros verdöst und ohne sein Zutun Rebeca de Asís' prachtvolle Brüste gesehen. Das war gekommen wie ein Blitz aus heiterem Himmel: Plötzlich hatte sich die Badezimmertür aufgetan, und die bezaubernde Frau, nur ein Handtuch um den Kopf geschlungen, hatte einen erstickten Schrei ausgestoßen und eilends alle Fenster geschlossen.

Eine halbe Stunde lang ertrug der Sekretär im dämmerigen Büro die Pein dieser bestrickenden Vorstellung. Gegen zwölf legte er das Schloß vor die Tür und ging fort, um seiner Erinnerung Nahrung zu geben.

Als er am Telegrafenamt vorbeikam, winkte ihm der Postbeamte. «Wir kriegen einen neuen Pfarrer», berichtete er. «Die Witwe de Asís hat dem apostolischen Präfekten einen Brief geschrieben.»

Der Sekretär wies ihn zurecht. «Die schönste Tugend des Mannes ist es, ein Geheimnis wahren zu können.»

An der Ecke des Platzes traf er Señor Benjamín, der zögerte, über die Pfützen vor seinem Laden zu springen.

«Wenn Sie wüßten, Señor Benjamín», begann der Sekretär.

«Was denn?» erkundigte sich Señor Benjamín.

«Nichts. Dieses Geheimnis nehme ich mit ins Grab.»

Señor Benjamín zuckte mit den Achseln. Er sah den Sekretär mit einer so jugendlichen Behendigkeit über die Pfützen setzen, daß auch er sich in das Abenteuer stürzte.

In seiner Abwesenheit hatte jemand einen dreiteiligen Essenträger, Teller, Besteck und ein zusammengefaltetes Tischtuch in dem Zimmer hinter seinem Laden abgestellt. Señor Benjamín breitete das Tuch über den Tisch und legte alles zum Mittagessen zurecht. Jede seiner Bewegungen führte er mit peinlicher Genauigkeit aus. Zuerst aß er die gelbliche Suppe, in der große Fettaugen und ein Fleischknochen schwammen. Auf einem anderen Teller aß er weißen Reis, Schmorfleisch und ein Stück gebratene Yucca. Die Mittagshitze begann, doch Señor Benjamín achtete nicht darauf. Als er die Mahlzeit beendet, die Teller aufeinandergestellt und die drei Teile wieder in den Essenträger eingesetzt hatte, trank er ein Glas Wasser. Er wollte gerade die Hängematte anbringen, als er merkte, daß jemand in den Laden trat.

Eine kraftlose Stimme fragte: «Ist Señor Benjamín da?»

Er reckte den Kopf und sah eine schwarzgekleidete Frau, mit einem Tuch über dem Haar und aschfarbener Haut. Es war Pepe Amadors Mutter.

«Ich bin nicht da», rief Señor Benjamín.

«Sie sind es ja selbst», stellte die Frau fest.

«Das weiß ich», erwiderte er; «aber es ist, als wäre ich nicht da, denn ich weiß, weshalb Sie mich aufsuchen.»

Die Frau zögerte vor der Tür zur Hinterstube, während Señor Benjamín die Hängematte anbrachte. Beim Atmen kam jedesmal ein leises Pfeifen aus seiner Lunge.

«Bleiben Sie nicht dort stehen», fuhr Señor Benjamín sie an. «Gehen Sie fort oder treten Sie näher.»

Die Frau setzte sich an den Tisch und schluchzte lautlos.

«Verzeihen Sie», sagte er. «Sie müssen einsehen, daß Sie mich kompromittieren, wenn Sie dort stehenbleiben, wo jedermann Sie sehen kann.»

Pepe Amadors Mutter nahm das Tuch vom Kopf und trocknete sich damit die Augen. Aus reiner Gewohnheit prüfte Señor Benjamín, als er die Hängematte befestigt hatte, die Tragkraft der Stricke. Dann wandte er sich der Frau zu.

«Sie möchten also, daß ich Ihnen eine Eingabe aufsetze.»

Die Frau nickte.

«Nun gut», fuhr Señor Benjamín fort. «Sie glauben eben immer noch an Eingaben. Heutzutage», fügte er mit gedämpfter Stimme hinzu, «arbeitet die Justiz nicht mit Papieren, sondern mit Schüssen.»

«Das sagt mir jeder», erwiderte sie; «aber es ist nun mal mein Junge, der im Gefängnis sitzt.»

Dabei löste sie die Knoten des Taschentuches, das sie bisher zusammengeknüllt in der Faust gehalten hatte, und nahm mehrere verschwitzte Geldscheine heraus: acht Pesos. Die bot sie Señor Benjamín an. «Es ist alles, was ich besitze.»

Señor Benjamín betrachtete das Geld. Er hob die Schultern, nahm die Scheine und legte sie auf den Tisch. «Ich weiß, daß es zwecklos ist», sagte er, «aber ich werde es tun, bloß um Gott zu beweisen, daß ich ein hartnäckiger Mensch bin.»

Die Frau dankte ihm stumm und begann wieder zu schluchzen.

«Auf jeden Fall», riet ihr Señor Benjamín, «müssen Sie zusehen, daß der Bürgermeister Ihnen erlaubt, mit dem Jungen zu sprechen. Überreden Sie Ihren Sohn, daß er aussagt, was er weiß. Sonst wäre es gerade, als würfe man Eingaben vor die Säue.»

Sie putzte sich mit dem Tuch die Nase, schlang es sich wieder um den Kopf und verließ, ohne noch einmal zurückzublicken, den Laden.

Señor Benjamín hielt bis um vier Mittagsschlaf. Als er auf den Hof ging, um sich zu waschen, war der Himmel klar, und in der Luft wimmelte es von fliegenden Ameisen. Nachdem er sich umgezogen und seine spärlichen Strähnen gekämmt hatte, ging er zum Telegrafenamt und kaufte ein Blatt Stempelpapier.

Er ging zu seinem Laden zurück, wo er die Eingabe aufsetzen wollte; da fiel ihm auf, daß im Dorf etwas vorging. Er vernahm fernes Geschrei. Bei ein paar jungen Burschen, die an ihm vorüberrannten, erkundigte er sich, was los sei, und sie riefen ihm, ohne stehenzubleiben, eine Antwort zu. Da lief er zurück zum Telegrafenamt und gab das Stempelpapier wieder ab. «Ich brauche es nicht mehr», sagte er. «Man hat Pepe Amador umgebracht.»

Noch halb schlafend, rannte der Bürgermeister die Treppe von seinem Schlafzimmer hinunter; in der einen Hand hatte er seinen Gürtel, mit der anderen knöpfte er den Waffenrock zu. Die eigenartige Beleuchtung draußen machte ihn in seinem Zeitgefühl unsicher. Er ahnte noch nicht, was vorging, doch wußte er sofort, daß er sich zur Polizeistation wenden mußte.

Wo er vorüberkam, schlossen sich die Fenster. Mit ausgebreiteten Armen kam mitten auf der Straße eine Frau angerannt und machte kehrt. In der klaren Luft schwirrten fliegende Ameisen. Obwohl er immer noch nicht wußte, was geschehen war, zog er den Revolver und rannte weiter.

Ein paar Frauen bemühten sich, die Tür der Polizeistation einzudrücken. Mehrere Männer rangen mit ihnen, um sie daran zu hindern. Der Bürgermeister trieb sie mit Schlägen auseinander, stellte sich mit dem Rücken gegen die Tür und hielt alle mit der Pistole in Schach. «Wer einen Schritt tut, wird erschossen.»

Ein Polizist, der sich bisher von innen gegen die Tür gestemmt hatte, öffnete sie nun, das Gewehr in Anschlag, und gab ein Signal auf der Trillerpfeife. Zwei weitere Polizisten eilten auf den Balkon und schossen mehrere Salven in die Luft. Die Menschen wichen bis zum Ende der Straße zurück. Wie ein Hund heulend, tauchte in diesem Augenblick die Frau an der Ecke auf. Der Bürgermeister erkannte Pepe Amadors Mutter. Er verschwand mit einem Satz in der Station und befahl von der Treppe aus dem Polizisten: «Kümmere dich um diese Frau.»

Drinnen herrschte völlige Stille. Tatsächlich wußte der Bürgermeister erst, was geschehen war, als er die Polizisten, die den Eingang versperrten, beiseite geschoben hatte, und Pepe Amador vor sich sah. Dieser lag zusammengekrümmt auf dem Boden, die Hände zwischen den Schenkeln. Er war bleich, doch zeigten sich keine Blutspuren.

Nachdem sich der Bürgermeister davon überzeugt hatte, daß der Tote keine Wunde aufwies, drehte er ihn auf den Rücken, steckte ihm die Hemdzipfel in die Hose und knöpfte den Schlitz zu. Schließlich schnallte er ihm den Gürtel fest.

Als er sich aufrichtete, hatte er seine Sicherheit wiedergefunden, doch die Miene, mit der er vor die Polizisten trat, verriet erste Anzeichen der Resignation. «Wer war das?»

«Alle», antwortete der blonde Riese. «Er hat einen Fluchtversuch gemacht.»

Der Bürgermeister blickte ihn nachdenklich an, und sekundenlang schien es, als wüßte er nichts mehr zu sagen. «Dieses Märchen nimmt uns keiner ab», meinte er. Mit ausgestreckter Hand ging er auf den blonden Riesen zu. «Gib den Revolver her.»

Der Polizist schnallte sich den Gürtel ab und hielt ihn dem Bürgermeister hin. Dieser nahm die zwei leeren Patronenhülsen heraus und steckte sie ein; dann tat er neue Patronen in den Revolver und reichte ihn einem anderen Polizisten. Der blonde Riese, der, aus der Nähe gesehen, einen etwas einfältigen Eindruck machte, ließ sich in die Nachbarzelle führen.

Dort entkleidete er sich vollständig und händigte dem Bürgermeister die Sachen aus. Alles geschah ohne Eile, jeder einzelne wußte wie bei einer Zeremonie, welche Aufgabe ihm zukam. Endlich schloß der Bürgermeister selber die Zelle des Toten und trat auf den Balkon, von dem aus man den Hof sehen konnte. Señor Carmichael saß immer noch auf dem Bänkchen.

Nachdem man ihn ins Büro geführt hatte, kam er der Aufforderung, Platz zu nehmen, nicht nach. Er blieb, wiederum in durchnäßter Kleidung, vor dem Schreibtisch stehen und nickte kaum merklich auf die Frage des Bürgermeisters, ob er alles verfolgt habe.

«Na schön», sagte der Bürgermeister; «ich hatte noch keine Zeit, mir zu überlegen, was ich tun soll, und ich weiß noch nicht einmal, ob ich überhaupt etwas tun werde. Aber was ich auch tun mag», fügte er hinzu, «denke daran, daß du, ob du willst oder nicht, in der Klemme steckst.»

Señor Carmichael stand, noch immer geistesabwesend, vor dem Schreibtisch, die Kleidung klebte ihm am Leibe, und seine Haut begann aufzuquellen, als wäre er drei Nächte nach dem Ertrinken noch nicht wieder an der Wasseroberfläche aufgetaucht. Der Bürgermeister wartete vergeblich auf ein Lebenszeichen.

«Also, werde dir klar über die Situation, Carmichael: Wir sind jetzt Verbündete.»

Das brachte er ernst und sogar ein wenig dramatisch vor. Doch Señor Carmichaels Gehirn schien es nicht aufzunehmen. Er stand regungslos vor dem Schreibtisch, aufgequollen und schwermütig, selbst dann noch, als sich die kugelsichere Tür geschlossen hatte.

Vor der Station hielten zwei Polizisten Amadors Mutter an den Handgelenken fest. Die drei schienen auszuruhen. Die Frau atmete in gleichmäßigen Zügen, ihre Augen waren trocken. Doch als sich der Bürgermeister in der Tür zeigte, stieß sie ein heiseres Geheul aus und bäumte sich mit solcher Kraft auf, daß einer der Polizisten sie loslassen mußte und der andere sie mit einem Schlüssel schlug, so daß sie bewußtlos zu Boden fiel.

Der Bürgermeister würdigte sie keines Blickes. Er nahm einen anderen Polizisten zur Begleitung mit und trat auf die Gruppe zu, die von der Straßenecke aus den Kampf beobachtet hatte. Er wandte sich an keinen im besonderen. «Ihr da!» rief er. «Wenn ihr Schlimmeres vermeiden wollt, bringt diese Frau nach Hause.»

Immer noch von dem Polizisten gefolgt, bahnte er sich einen Weg durch die Leute und ging zum Gericht. Er traf keinen an. Daraufhin lief er zum Haus Richter Arcadios, stieß, ohne anzuklopfen, die Tür auf und rief: «Richter!»

Richter Arcadios Frau litt unter den trüben Stimmungen der Schwangerschaft. Sie antwortete aus dem Dunkel: «Er ist weg.»

Der Bürgermeister blieb wie angewurzelt auf der Schwelle stehen. «Wohin?»

«Wo soll er schon hin sein», erwiderte die Frau; «zu dieser Sauhure, natürlich.»

Der Bürgermeister winkte dem Polizisten, mitzukommen. Sie gingen, ohne die Frau anzublicken, an ihr vorbei, durchwühlten das Schlafzimmer und stellten fest, daß keine Männersachen zu finden waren; dann kehrten sie ins Wohnzimmer zurück.

«Wann ist er weggegangen?» fragte der Bürgermeister.

«Vorgestern abend», antwortete die Frau.

Der Bürgermeister machte eine lange Pause, um nachdenken zu können. «So ein Hurensohn!» schrie er plötzlich. «Und wenn er sich fünfzig Meter unter der Erde versteckt; und wenn er in den Bauch seiner Hurenmutter zurückkriecht, wir holen ihn heraus, tot oder lebendig. Die Regierung hat einen sehr langen Arm.»

Die Frau seufzte. «Ihr Wort in Gottes Ohr, Leutnant.»

Es begann zu dunkeln. An den Straßenecken vor der Polizeistation standen noch etliche Menschen, von der Polizei in Schach gehalten; doch Pepe Amadors Mutter hatte man fortgebracht, und der Ort wirkte ruhig.

Der Bürgermeister ging sogleich in die Zelle des Toten. Er setzte dem Toten Mütze und Brille auf, ließ eine Plane holen und wickelte ihn mit Hilfe des Polizisten hinein. Dann suchte er aus allen möglichen Winkeln der Station Stricke und Drähte zusammen und verschnürte die Leiche spiralförmig vom Hals bis zu den Fußknöcheln.

Zum Schluß war er in Schweiß gebadet, sah aber frischer aus. Es war, als hätte er die Last der Leiche körperlich von sich abgeschüttelt.

Erst jetzt machte er in der Zelle Licht. «Hole Schaufel, Hacke und eine Lampe», befahl er dem Polizisten, «und rufe dann González. Ihr geht in den Hinterhof und grabt ein tiefes Loch, ganz hinten, dort ist es trokkener.» Er sagte das, als legte er sich jedes Wort erst beim Sprechen zurecht.

«Und vergeßt euer Leben lang eins nicht», schloß er, «dieser Bursche ist nicht gestorben.»

Zwei Stunden später war das Grab immer noch nicht fertig. Der Bürgermeister überzeugte sich vom Balkon aus, daß außer einem Polizisten, der als Posten von einer Ecke zur anderen schritt, niemand auf der Straße war. Er knipste das Treppenlicht an und legte sich im dunkelsten Winkel des Raumes zum Schlafen hin. Die gelegentlichen schrillen Rufe einer fernen Rohrdommel drangen kaum bis zu ihm.

Pater Angels Stimme riß ihn aus seinen Gedanken. Er hörte zunächst, wie er mit dem wachhabenden Polizisten sprach, dann mit jemandem, der ihn begleitete, und erkannte schließlich auch die andere Stimme. Er blieb, vorgebeugt, auf dem Klappstuhl sitzen, bis er die Stimmen wieder vernahm, diesmal schon im Haus, und die Schritte auf der Treppe hallten. Da streckte er im Dunkeln den linken Arm aus und packte den Karabiner.

Als Pater Angel ihn am Ende der Treppe auftauchen sah, zögerte er. Zwei Stufen unter ihm stand, in einem gestärkten, kurzen weißen Kittel, Doktor Giraldo, seine Arzttasche in der Hand. Er entblößte seine scharfen Zähne. «Ich bin enttäuscht, Leutnant», sagte er heiter. «Den ganzen Nachmittag habe ich darauf gewartet, daß Sie mich rufen, um die Leichenschau vornehmen zu lassen.»

Pater Angel heftete seine sanften, durchsichtigen Augen auf ihn und wandte sie dann dem Bürgermeister zu.

Auch der Bürgermeister lächelte. «Es gibt keine Leichenschau», sagte er, «weil gar keine Leiche da ist.»

«Wir wollen Pepe Amador sehen», beharrte der Pfarrer.

Der Bürgermeister hielt den Karabiner mit dem Lauf nach unten und wandte sich weiterhin an den Arzt. «Das möchte ich auch, aber da ist nichts zu machen.» Und er lächelte nicht mehr, als er sagte: «Er ist geflohen.»

Pater Angel stieg eine Stufe höher. Der Bürgermeister richtete den Karabiner auf ihn. «Bleiben Sie ganz still stehen, Pater», warnte er.

Auch der Arzt stieg eine Stufe höher. «Hören Sie, Leutnant», begann er, noch immer lächelnd; «in diesem Ort kann man keine Geheimnisse bewahren. Seit vier Uhr nachmittags wissen alle, daß man mit diesem Burschen dasselbe gemacht hat, was Don Sabas mit den Eseln machte, die er verkauft hatte.»

«Er ist geflohen», wiederholte der Bürgermeister.

Da er den Arzt beobachtete, hatte er kaum Zeit, sich vorzusehen, als Pater Angel mit erhobenen Armen zwei Stufen auf einmal nahm.

Der Bürgermeister entsicherte die Waffe durch einen kurzen Schlag mit der Kante der Hand und stellte sich breitbeinig auf. «Halt!» rief er.

Der Arzt hielt den Pfarrer am Ärmel der Soutane fest. Pater Angel mußte husten.

«Spielen wir mit offenen Karten, Leutnant.» Zum erstenmal seit langer Zeit klang die Stimme des Arztes schroff. «Diese Leichenschau muß stattfinden. Jetzt wollen wir das Geheimnis des Herzschlages aufdecken, den die Häftlinge in diesem Gefängnis erleiden.»

«Doktor», warnte der Bürgermeister, «wenn Sie sich von der Stelle rühren, schieße ich.» Er streifte den Pfarrer kaum mit dem Blick. «Das gilt auch für Sie, Pater.»

Alle drei standen reglos.

«Außerdem», fuhr der Bürgermeister, an den Priester gewandt, fort, «können Sie sich freuen, Pater: Er war der Urheber jener Zettel.»

«Um der Liebe Gottes willen . . .», hob Pater Angel an. Der krampfartige Husten hinderte ihn am Weitersprechen.

Der Bürgermeister wartete, bis der Anfall vorüber war. «Hören Sie gut zu», sagte er dann. «Ich fange jetzt an zu zählen. Bei drei schieße ich mit geschlossenen Augen auf die Tür dort. Merken Sie sich ein für allemal», warnte er ausdrücklich den Arzt, «mit den Witzchen ist es vorbei. Wir haben Krieg, Doktor.»

Der Arzt zog Pater Angel am Ärmel mit sich fort. Er begann die Treppe hinabzusteigen, ohne jedoch dem Bürgermeister den Rücken zuzukehren, und lachte plötzlich laut heraus. «So gefallen Sie mir, General», meinte er. «Jetzt fangen wir an, uns zu verstehen.»

«Eins», zählte der Bürgermeister.

Die nächste Zahl hörten sie nicht mehr. Als sie sich an der Ecke der Polizeistation trennten, war Pater Angel tief erschüttert; er mußte das Gesicht abwenden, weil seine Augen naß waren. Doktor Giraldo lächelte noch immer; er gab ihm einen Klaps auf die Schulter. «Wundern Sie sich nicht, Pater», sagte er. «Das alles ist das Leben.» Als er an seinem Haus um die Ecke bog, blickte er im Schein der Laterne auf die Uhr: es war drei Viertel acht.

Pater Angel konnte nichts essen. Nach dem Signal für die Ausgangssperre begann er einen Brief zu schreiben und blieb bis nach Mitternacht, über den Schreibtisch gebeugt, sitzen, während der feine Sprühregen allmählich die Welt um ihn her auslöschte. Er schrieb wie gestochen: Seine Buchstaben waren regelmäßig und beinahe etwas manieriert; dabei erfüllte ihn ein so leidenschaftlicher Eifer, daß er die Feder oft erst eintauchte, wenn er schon zwei Worte unsichtbar hingemalt und das Papier mit der trockenen Feder zerkratzt hatte.

Am nächsten Tag nach der Messe brachte er den Brief zur Post, obwohl er nicht vor Freitag befördert werden konnte. Den ganzen Vormittag über war die Luft feucht und neblig, doch gegen Mittag wurde sie klar. Ein Vogel hatte sich in den Hof verirrt und hüpfte wohl eine halbe Stunde unbeholfen zwischen den Narden umher. Er sang eine Melodie, die sich emporschraubte, jedesmal eine Oktave höher, bis sie eine Höhe erreichte, wo sie nur noch in der Vorstellung zu hören war.

Beim Abendspaziergang fiel es Pater Angel auf, daß ihn am Nachmittag ein herbstlicher Duft verfolgt hatte. Im Hause Trinidads war er mit der Genesenden in ein trübsinniges Gespräch über die Krankheiten des Oktobers vertieft, da glaubte er plötzlich den Duft zu erkennen, den Rebeca de Asís eines Abends in seinem Arbeitszimmer verströmt hatte.

Auf dem Heimweg besuchte er Señor Carmichaels Familie. Die Frau und die älteste Tochter waren untröstlich und stießen, so der Gefangene erwähnt wurde, einen schrillen Klagelaut aus. Aber die Kleinen waren glücklich ohne den strengen Papa; sie mühten sich, das Kaninchenpaar, das ihnen die Witwe de Montiel geschickt hatte, dazu zu bringen, Wasser aus einem Glas zu trinken. Plötzlich brach Pater Angel die Unterhaltung ab, malte mit der Hand ein Zeichen in die Luft und murmelte: «Jetzt weiß ich es: das ist Eisenhut.»

Aber es war nicht Eisenhut.

Niemand erwähnte die Zettel mit den Anzüglichkeiten. In der allgemeinen Unruhe der letzten Ereignisse bedeuteten sie höchstens noch eine pittoreske Anekdote aus der Vergangenheit. Pater Angel stellte das während des Abendspazierganges fest und auch nach dem Gebet, als er sich im Arbeitszimmer mit ein paar katholischen Damen unterhielt.

Alleingeblieben, verspürte er Hunger. Er bereitete sich gebratene Bananenscheiben und Milchkaffee und aß dazu ein Stück Käse. Sein voller Magen ließ ihn endlich den Duft vergessen. Während er sich zur Nacht entkleidete und noch unter dem Moskitonetz, wo er dem «Insektentod» entronnene Moskitos verjagte, stieß er mehrmals auf. Er hatte Sodbrennen, doch in seiner Seele war Frieden.

Er schlief wie ein Heiliger. In der Stille, die während der Ausgangssperre herrschte, vernahm er leidenschaftliches Geflüster, hin und wieder ein paar einleitende Klänge auf Saiten, die die Morgenkühle stimmte, und schließlich ein Lied aus früheren Zeiten. Zehn Minuten vor fünf wurde ihm bewußt, daß er am Leben war. Er richtete sich unter beträchtlichen Anstrengungen auf, rieb sich die Augen und dachte: Freitag, der einundzwanzigste Oktober. Dann erinnerte er sich und sagte laut: «Der heilige Hilarius.»

Er zog sich an, ohne gebetet und sich gewaschen zu haben. Nachdem er die Knöpfe der Soutane in Ordnung gebracht hatte, zog er die rissigen Alltagsstiefel an, deren Sohlen sich abzulösen begannen. Als er die Tür öffnete und die Narden erblickte, dachte er an die Worte eines Liedes. «In deinem Traum lebe ich bis zum Tode», seufzte er.

Während er zum erstenmal läutete, stieß Mina die Kirchenpforte auf.

Sie wandte sich zum Taufbecken und fand den Käse unberührt und die Fallen noch gespannt. Pater Angel öffnete die Pforte vollständig.

«Pech», sagte Mina und schüttelte die leere Schachtel. «Heute ist keine einzige in die Falle gegangen.»

Doch Pater Angel schenkte ihr keine Aufmerksamkeit. Ein leuchtender, klarer Tag brach an wie die Verheißung, daß trotz allem auch in diesem Jahr der Dezember pünktlich kommen werde. Nie hatte er Pastors Schweigen deutlicher empfunden.

«Heute nacht hat es eine Serenade gegeben», bemerkte er.

«Mit Blei», bestätigte Mina. «Bis vor kurzem wurde noch geschossen.»

Der Pater betrachtete sie zum erstenmal. Wie die blinde Großmutter war auch sie sehr blaß und trug das blaue Band einer religiösen Gemeinschaft. Doch im Gegensatz zu Trinidad, die etwas Männliches an sich hatte, begann in ihr die Frau zu reifen.

«Wo?»

«Überall», berichtete Mina. «Anscheinend haben sie wie verrückt illegale Flugblätter gesucht. Sie sollen im Friseurladen zufällig die Täfelung abgehoben und Waffen gefunden haben. Das Gefängnis ist voll; man sagt, die Männer gehen in die Berge, und überall gibt es Partisanen.»

Pater Angel seufzte. «Ich habe überhaupt nichts gemerkt.»

Er ging zum anderen Ende der Kirche. Sie folgte ihm schweigend zum Hochaltar.

«Und das ist noch gar nichts», fuhr sie fort. «Heute nacht, trotz der Ausgangssperre und trotz der Schüsse . . .»

Pater Angel blieb stehen. Er blickte sie mit seinen zusammengekniffenen, unschuldigen Augen an. Auch Mina blieb stehen, die leere Schachtel unter dem Arm, und begann nervös zu lächeln, bevor sie zu Ende sprach.

643/1

Fritz B. Busch

Einer hupt immer

Heitere Automobilgeschichten
mit Benzin geschrieben

Illustriert von
Armin Schwarz, Wigg Siegl,
René Vincent und anderen

Deutschlands prominentester Autotester, der Motorexperte des ‹stern›, gibt hier seiner mit Benzin und Humor getränkten Feder Vollgas: Tips für alle Verkehrslagen und Wagenklassen, flott und witzig serviert. Ein praktisches Schmunzelbuch für alle Autofahrer und Autonarren.

30. Tausend

rororo 1084

512/1